# MAFIA

### RUSSIAN MAFIA KILLERS 2

## *entführt*

ANNA STURM

# RUSSIAN MAFIA

# KILLERS

## entführt 2

EINIGE ROMANFIGUREN AUS DEM BUCH „RUSSIAN
MAFIA KILLERS: VERBOTENE LIEBE" SPIELEN IN
„RUSSIAN MAFIA KILLERS: ENTFÜHRT" MIT.

## OHNE VORKENNTNISSE LESBAR!

## Anna Sturm

# KLAPPENTEXT

**Salvatore Capulet, Mafiakönig der sizilianischen Mafia in Palermo:**

Hätte der Mafioso Salvatore vorher gewusst, dass diese Frau sein Herz mit Liebe vergiftet, dann hätte er sie samt ihrer ganzen Familie eigenhändig hingerichtet. Aber jetzt ist es zu spät! Er verachtet Laura zutiefst, denn ihre magische Aura zieht ihn immer weiter in einen Teufelskreis hinein, aus dem er nicht mehr ausbrechen kann. Er bemüht sich, der Verlobten seines Neffen Emilio aus dem Weg zu gehen; dennoch sucht er unbewusst immer wieder ihre Nähe, obwohl er sich vor dem Licht fürchtet, in das ihn diese sinnlose Liebe zu dieser charismatischen Frau hineinzieht. Er spürt, dass er verweichlicht. Und bei allen Göttern! Das darf nicht passieren. Die Verzweiflung treibt den verheirateten Mann immer weiter an den Rand des Wahnsinns. Er wünschte sich, Laura Montague wäre tot. Größer noch ist aber der Wunsch, diese Frau zu besitzen. Deshalb sucht er sie nach Emilios Abreise nachts in ihrem Zimmer auf, um ihr einen Deal vorzuschlagen, den sie unmöglich ablehnen kann. Er gibt ihr eine 24stündige Bedenkzeit. Als sie in der darauffolgenden Nacht spurlos verschwindet, wütet er wie eine Bestie, um sie wieder aufzuspüren...

**Alejandro Escobar, Drogenbaron der kolumbianischen Mafia in Bogotá:**

4

Der Mafioso Escobar hat eine Goldene Regel, an die er sich immer hält: LASS EINEN BRUDER NIEMALS IM STICH! Als sich ihm sein bester Freund Salvatore unter Alkoholeinfluss anvertraut, trifft Alejandro eine folgenschwere Entscheidung, um seinen Blutsbruder von diesen seelischen Qualen zu befreien, die dieses gefährliche Verlangen bei ihm auslöst. Er lässt Laura Montague ohne Salvatores Wissen entführen und nach Tokio bringen, um sie dem Mafiaprinzen Kim Yamamoto der japanischen Mafia als Geschenk zu überreichen. Somit wurden zwei Probleme auf einmal gelöst. Er hatte nämlich einerseits die Japaner besänftigt, ohne seine Cousine ans Messer liefern zu müssen, und andererseits würde Salvatore nicht mehr seinen Verstand verlieren, weil er die Ursache für dessen Liebeskummer durch die Entführung ja jetzt beseitigt hat. Alejandro rechnet aber nicht im Geringsten mit Salvatores unberechenbarer Reaktion. Jetzt muss unbedingt Plan B auf den Tisch! Bei Gott, wenn er den nur schon hätte...

**Die schöne Italienerin Laura Montague:**
Die italienische Schönheit fürchtet sich vor Emilios Onkel. Dennoch glaubt sie, in dessen Augen etwas entdeckt zu haben, das ihr eigentlich keine Angst machen sollte. Aus einem reinen Bauchgefühl heraus vermutet sie aber, dass er derjenige war, der etwas mit ihrem Gedächtnisverlust zu tun hatte. Systematisch geht sie Salvatore aus dem Weg; bis zu jenem Tag, als Emilio geschäftlich nach London fliegen muss und seinen Onkel bittet, in der Zwischenzeit für Lauras Sicherheit zu sorgen. Die junge Frau kommt dem gefürchteten Mafioso näher, als es ihr lieb ist...

**Emilio Capulet, Mafiaboss des Capulet Clans in London:**

Der Sizilianer Emilio schwebt auf Wolke 7. Er liebt seine Laura abgöttisch und ist überglücklich, dass sie sich an ihre Vergangenheit nicht mehr erinnern kann. Auch glücklich darüber, dass sie sein grausames Geheimnis nicht kennt. Als Emilio mit seiner Rechten Hand, dem Russen Dimitri Nikolajew, nach London aufbricht, um seine Gebiete zurückzuerobern, übergibt er seinen größten Schatz in die Obhut seines Onkels; denn es würde ihm das Herz brechen, wenn die russische Mafia des Clans Sorokin seine Verlobte kidnappen würde, nur weil der Russe Stephan-Nikolai Sorokin noch eine Rechnung mit ihm offen hat. Eine Rechnung, die er nicht gewillt ist zu begleichen. Niemals!

OHNE VORKENNTNISSE LESBAR!

**Genre: Dark Mafia Romance**
**INHALT: Fließender Perspektivwechsel . explizite, bildhaft beschriebene Szenen . derbe Sprache . Schauplatz: Bogotá/ Kolumbien; London/England; Sizilien/Italien; Tokio/Japan . Aus allen Sichten der Protagonisten erzählt!**

Leseempfehlung danach oder davor:
 * Russian Mafia KILLERS: Verbotene Liebe"

6

# **** BESETZUNG ****

**Folgende Romanfiguren aus der
Serie RUSSIAN MAFIA KILLERS
spielen in
„RUSSIAN MAFIA KILLERS Verbotene Liebe" mit
[siehe die Namen in blauer Schrift] sowie in
„Russian Mafia KILLERS: entführt" [siehe grüne
Schrift]:**

**Genre: Dark Mafia Romance**

1. **Maximilian Medwedew** *[der Russe Maximilian ist die Rechte Hand des Mafiabosses Konstantin Andrejew des RUSSISCHEN SYNDIKATS KILLERS - Hauptrolle in RUSSIAN MAFIA KILLERS: Maximilian – Der Russe]*
2. **Jack Miller** [Jack ist ein Engländer; er ist der Blutsbruder von Maximilian Medwedew; Hauptrolle in RUSSIAN MAFIA KILLERS: Maximilian – Der Russe 1 + 2]
3. **Scarlett Anastasija Andrejew** [die Russin Scarlett ist die Tochter des mächtigen Clanführers Konstantin Andrejew, der das russische Syndikat KILLERS mit harter Hand führt; Hauptrolle in RUSSIAN MAFIA KILLERS: Maximilian – Der Russe 1 + 2 sowie RUSSIAN MAFIA KILLERS: Stephan – Fürst der Finsternis]
4. **Mister Konstantin Andrejew** [Scarletts Vater; Clanführer der russischen Mafia KILLERS; Nebenrolle in RUSSIAN MAFIA KILLERS]
5. **Mafiaboss Stephan-Nikolai Sorokin** [Clanführer des russischen Syndikats Sorokin; Erzfeind der KILLERS sowie auch der italienischen Mafia; sein Rufname: Nikolai; sein Spitzname: Niko;

7

Hauptrolle in RUSSIAN MAFIA KILLERS VERBOTENE LIEBE]

6. **Stephan Sorokin** *[Sohn des russischen Clanführers Stephan-Nikolai Sorokin; Hauptrolle in RUSSIAN MAFIA KILLERS: STEPHAN – Fürst der Finsternis]*

7. **Mercutio Montanari** [Rechte Hand und Blutsbruder sowie bester Freund von Stephan Sorokin; Nebenrolle in RUSSIAN MAFIA KILLERS VERBOTENE LIEBE; Hauptrolle in RUSSIAN MAFIA KILLERS: Stephan – Fürst der Finsternis]

8. **Julia Montanari** [Schwester von Mercutio; Verlobte von Emilio; Hauptrolle in RUSSIAN MAFIA KILLERS VERBOTENE LIEBE]

9. **Mafiaboss Emilio Capulet** *[Mafiaboss des italienischen Capulet Clans; Hauptrolle in RUSSIAN MAFIA KILLERS VERBOTENE LIEBE]*

10. **William Cunningham** *[ein irischer Söldner und Ex-Agent der britischen Regierung; William ist die Rechte Hand und der Blutsbruder von Stephan-Nikolai Sorokin; Hauptrolle in RUSSIAN MAFIA KILLERS VERBOTENE LIEBE]*

11. **Dimitri Nikolajew** *[der Russe Dimitri ist der Blutsbruder und gleichzeitig auch die Rechte Hand des italienischen Mafiabosses Emilio Capulet; Dimitri ist um 8 Ecken herum verwandt mit dem russischen Rebellen Daniil Nikolajew aus BLACK SOUL; Hauptrolle in RUSSIAN MAFIA KILLERS VERBOTNE LIEBE]*

12. **Salvatore Capulet** *[Mafiakönig der sizilianischen Mafia in Palermo; Oberhaupt des Clans Capulet; Onkel von Emilio Capulet]*

13. **Alejandro Escobar** *[Mafiaboss der kolumbianischen Mafia in Bogotá]*

14. **Alexej Belikow** [Rechte Hand des kolumbianischen Drogenbarons Alejandro

Escobar]

15. **Fürst Stephan Maxim Michail Lykov** [Undercover Agent der Eliteeinheit BLUE BLOOD; derzeitiger Aufenthalt: Kolumbien]

16. **Laura Montague** *[italienische Schönheit und Verlobte von Emilio Capulet]*

17. **Concetta Capulet** *[Ehefrau von Salvatore Capulet und Mafiaprinzessin von Norditalien]*

**AnnaSturm8 [11.1.2020/00:08]; 23:18; 15.3.2020 [23:12]**

Impressum

# Russian Mafia KILLERS

## *entführt 2*

[HINWEIS: In „Russian Mafia KILLERS: entführt" spielen einige Romanfiguren aus „Russian Mafia KILLERS: Verbotene Liebe" mit.]

[Schauplatz des Geschehens: London, Moskau, New York, Bogotá, Tokio; Die Insel des Fürsten und Sizilien]
Länder: England, Russland, USA, Kolumbien, Japan, Italien

*Herstellung und Verlag: BoD - Books on Demand, Norderstedt*

*alle Rechte liegen beim Autor*

© **März 2020 by Anna Sturm** [TB: April 2020]

Cover-Foto Russian Mafia KILLERS entführt 2 © 1418336 Ontario Ltd - Kanada/www.fotolia.com

**Das vollständige Impressum findet man am Ende des Buches!**

*Bibliografische Informationen der Deutschen Nationalbibliothek. Die Deutsche Nationalbibliothek verzeichnet diese Publikation in der Deutschen Nationalbibliografie; detaillierte bibliografische Daten sind im Internet über http://dnb.d-nb.de abrufbar.*
*Die ISBN Nummer findet man auch auf dem Rücken des Buchumschlags!*
ISBN 978-3751913782

Annasturm158

**VÖ des Kindle eBooks: am 23.2.2020**
23.3.2020 [11:18]; 12:20; 16:11; 17:15 [17:51]; 22:52
TB: 6.4.2020 [00:08]; 01:48; 02:18

\*\*\*\*\*\*\*\*

Ich widme dieses Buch
*meinem verstorbenen Chinchilla*
Fiver, einem Pelztier, das so zutraulich war
wie ein Hund.

Du hast mir das Herz gebrochen.
Ich habe dich geliebt.

Anna

28. März 2020

\*\*\*\*\*\*\*\*

Ja, Worte können verletzen. Und manchmal glaube ich sogar, dass Menschen bewusst andere Menschen verletzen. Mit Worten. Um sie in der Seele zu treffen. Genau dort, wo nur Worte Zugang haben, um alles darin zu verwüsten, was vorher eine Bedeutung hatte.

Anna Sturm

MAFIA

RUSSIAN MAFIA KILLERS 2

entführt

ANNA STURM

# Russian Mafia

# KILLERS

## entführt

## 2

# PROLOG

## Der Wolf

## und das kleine Täubchen

Er fuhr sich mit seiner rechten Hand unbewusst durchs schwarze Haar. Musterte sie dabei eingehend. Atmete schwer. *Das Adrenalin jagte ihm durch die Adern wie ein gewaltiger Sturm.* Das Herz hämmerte in seiner Brust. Der Jagdtrieb war in ihm erwacht. Dennoch beherrschte er sich. *Für den Moment.* Ein verschlagenes Lächeln huschte ihm über die Lippen, als er die Angst in ihren Augen sah. Es war aber nicht nur Angst, sondern auch Bewunderung, die er glaubte, darin zu erkennen. Mit seinen dunklen Augen durchbohrte er ihren unschuldigen Blick. ER war der Jäger. SIE hingegen nur seine Beute. *Ein kleines Täubchen, das keine Fluchtmöglichkeiten mehr hatte.* „Und? Hat er dir gesagt, dass du mir uneingeschränkt und bedingungslos gehorchen musst?"

Sie schluckte. *Nickte.* Konnte seiner Anziehungskraft kaum widerstehen. Versuchte, ihren Blick von ihm abzuwenden. Doch es war wie ein Zwang, der sie dazu drängte, seinen gefährlichen Blicken nicht auszuweichen. „Ja, Sir."

„Gut." Seine Stimme klang rau. *Rau und dunkel.* Allerlei Facetten untermalten deren düsteren Klang. Die Gefahr, die darin aber für das kleine Täubchen – *eine wahre Unschuld* – lauerte, war nicht zu überhören gewesen…


## Auf dem Flug von Palermo nach Bogotá


\*\*\*


Die Stunde der Enthüllung… nichts ist so, wie es den Anschein hat, wenn der Verstand eines Mannes durch seine tiefe Liebe in Wahnsinn getaucht wird. Eine mögliche Realität, die er wahrnimmt, wird am Ende zum Horrortrip für ihn. Zweifellos!

Salvatore Capulet und Laura Montague sitzen

sich im Privatjet nicht direkt gegenüber.

Die persönliche Leibgarde des Mafiakönigs von

Palermo ist ebenfalls im Flieger. Acht seiner

besten Männer sitzen quasi auf den übrigen

Plätzen verteilt.

\*\*\*

**Das Pulverfass:**
**Ein gefährliches Raubtier, das**
**sich König nennt.**
**Ein kleines Täubchen, dessen**
**Unschuld von ihrer Unwissenheit**
**herrührt.**
**Und 8 Wölfe, die den Jäger**
**beschützen...**

*Laura Montague* schlug das Herz bis zum Hals. Am Morgen noch war sie mit der ganzen Capulet Familie ahnungslos am Frühstückstisch gesessen und jetzt saß sie bereits in einem Privatjet nach Bogotá. Und zwar mit DEM Mann, den sie am meisten fürchtete, obwohl er eigentlich ja immer irgendwie nett zu ihr war. An dessen sehnsüchtigen Blicken sie schon längst erkannt hatte, dass er ihr eigentlich ja niemals wehtun würde. Dass sich seine heimlichen Blicke von den Blicken von Emilio ja eigentlich kaum unterschieden. Denen sie aber geschickt immer wieder ausgewichen war, sobald sie sie bemerkt hatte. *Sie hatte immer noch das lebendige Bild vor Augen, als Salvatore am Morgen der ganzen Familie fröhlich verkündet hatte, dass er sie auf Wunsch von seinem Neffen nach Bogotá mitnehme.* Sie hatte noch immer die quietschende Stimme seiner Frau Concetta im Ohr, die ihren Ehemann daraufhin gebeten hatte, ihn ebenfalls nach Bogotá begleiten zu dürfen. Laura hatte das Szenario, welches sich in den frühen Morgenstunden im Esszimmer des *Capulet Clans* abgespielt hatte, immer noch so lebendig vor Augen, als passiere es gerade in diesem Augenblick wirklich. Sie sah deutlich vor ihrem inneren Auge, wie sich Concetta wutentbrannt vom Tisch erhoben hatte, nachdem Salvatore ihre Bitte lächelnd – *vor allem aber mit einem abschätzigen Blick* – abgeschlagen hat. Wie Concetta wutverschnaubt das Esszimmer daraufhin verlassen hat. Das laute Knallen der massiven Tür hörte Laura immer noch in ihren Ohren widerhallen. So deutlich und auch so dröhnend, dass ihr der Schauer abermals über den Rücken lief. *Concetta Capulet* war sehr wütend gewesen, weil Salvatore sie nicht mitnehmen wollte. Concetta war auch nicht, so wie es eine gute Freundin aber getan hätte, unten im Foyer gewesen, um sie zu verabschieden, bevor die Limousine sie mit dem Mafiakönig *Salvatore Capulet* zum Flughafen gebracht hätte. Alles ging eigentlich ja so verdammt schnell, dass Laura kaum die Möglichkeit gefunden hatte, ihre Gedanken zu ordnen. Sogar der

Koffer war bereits gepackt gewesen, als sie sich auf ihrem Zimmer für die Reise nach Kolumbien umgezogen hatte. Salvatore hatte das Personal bereits damit beauftragt gehabt, während sie noch alle gemeinsam unten beim Frühstücken gewesen waren. *Nachdem Emilio ihr aber befohlen hatte, seinem Onkel uneingeschränkt und bedingungslos zu gehorchen und all seine Befehle exakt zu befolgen, blieb ihr keine andere Wahl, als mit diesem Mann mitzugehen, der ihr jetzt genau gegenüber saß und sie stillschweigend mit seinen dunklen Augen fixierte wie ein Jäger das Wild.* Sie versuchte ein Lächeln über ihre Lippen zu pressen, aber irgendwie gelang es ihr nicht. Natürlich war sie aufgeregt, die Stadt Bogotá das allererste Mal zu sehen. Auch *Alejandro Escobar* kennenzulernen, dem sie bis dato noch nicht persönlich vorgestellt worden ist, aber sie schon viel von ihm gehört hat. Schließlich war er der beste Freund des Capulet Clans. Dennoch wäre die ganze Reise für Laura sicherlich schöner gewesen, wenn Emilio an ihrer Seite hätte sein können. *Was er wohl jetzt in London machte?* Natürlich hatte sie schon die Innenräume sowie das Cockpit des Jets im Familienalbum der Capulets auf verschiedenen Fotos gesehen; dennoch war es ein völlig anderes Gefühl, in diesem luxuriösen Flieger zu sitzen und alles live mitzuerleben, was sie sich auf den Bildern nur versucht hatte, einigermaßen lebhaft vorzustellen. *Am liebsten hätte sie diese Erfahrung aber mit Emilio zusammen gemacht, den sie unendlich vermisste.* Und dann rutschte ihr plötzlich das Herz fast ins Höschen, als sie diese dunkle Stimme hörte, die sie blitzartig aus ihren Gedanken so unverblümt herausgerissen hatte. Salvatores dunkle Stimme war rau. Sie klang gefährlich, auch wenn er sehr leise mit ihr sprach, um sie sanfter auf sie wirken zu lassen. *Bestimmt sogar.*

Salvatore war von vornherein klar gewesen, dass Concetta sich aufgeführt hätte wie eine Furie, wenn er Laura zu Alejandro mitnähme, ohne dass er sie vorher bat, ihn ebenfalls auf dieser Reise als seine rechtmäßige Ehefrau zu begleiten. Dennoch war er jetzt überglücklich, dass er mit seinem *kleinen Täubchen* alleine im Flieger saß, ohne dass ihn seine krankhaft eifersüchtige Frau während des Fluges und auch während des gesamten Aufenthaltes in Kolumbien mit ihren giftigen Blicken erdolcht hätte, nur weil er sich Laura annehmen würde, so wie es ihm Emilio auch aufgetragen hatte. *Und noch weitaus mehr.* Er hatte in der Limousine schon die ganze Fahrt über zum Flughafen überlegt, wie er es anstellen könne, den ersten wichtigen Schritt zu unternehmen, den er für seinen Plan bräuchte, um ihn erfolgreich durchzuführen. Er stand jetzt weder unter Beobachtung seiner eifersüchtigen Ehefrau noch unter Aufsicht seiner gottesfürchtigen Schwester, die ihm die Hölle heiß gemacht hätte, wenn er sich Laura unsittlich genähert hätte, während sich Emilio in London aufhielt. Er müsse sie aber in der Zeit, in der er mit ihr nicht auf Sizilien verweilte, gefühlsmäßig schon soweit haben, dass sie ihm blind gehorchte, ohne den anderen davon zu erzählen, was er alles mit ihr gemacht hatte und noch machen würde, sobald sie zurückkämen. Es blieben ihm also nur wenige Tage Zeit, um sie genau dorthin zu bringen, wo er sie auch hin haben wollte. Und dann kam ihm während des Starts der Maschine eine Eingebung. *Eine blendende Idee! Die perfekte Lösung – sozusagen.* Er musste sich ihre Unschuld und auch ihre Unwissenheit *in puncto* Sex zum Vorteil machen. Er musste quasi mit ihren Trieben spielen. Ihre Urinstinkte erwecken. Diese verborgenen Instinkte  wachrütteln, da er sich sicher war, sie schlummerten noch ganz tief in ihrem Innersten, um auf den richtigen Augenblick zu warten. Er musste sie also geschickt herauslocken, wenn sein Plan funktionieren sollte. Er müsse sie wie ein Spieler gekonnt dadurch auf seine dunkle Seite ziehen. Natürlich wusste er von Lauras Unbeholfenheit. Wusste auch darüber Bescheid, dass sie eigentlich vom Gedankengut her ja noch ein junges Mädchen war; sich teilweise sogar so benahm wie ein kleines, naives Kind, das die Welt mit anderen Augen betrachtete, als es Erwachsene taten. *Laura konnte weder lesen noch rechnen geschweige denn schreiben.* Viele Dinge waren ihr fremd. Die Bedeutung dieser Dinge wusste sie schlicht und ergreifend nicht mehr. Manche Sachen waren vollkommen neu für sie. *Sie war in der Tat völlig weltfremd.* Das einzige, was ihr im Bewusstsein hängen geblieben war – *fest verankert wie ein kleines Wunder* – war deren italienische Muttersprache und auch Englisch, da sie in London aufgewachsen ist, was sie – *aber wie gesagt* – völlig vergessen hatte. *Emilio Capulet* hatte es zutiefst bereut, sie mit dem Vorschlaghammer am Kopf dermaßen verletzt zu haben, so dass sie ihr Gedächtnis verloren hatte. Nichtsdestotrotz war sein Neffe Gott dankbar, dass er sie nicht tödlich getroffen hatte, bevor ihn sein Verstand – *vollkommen entsetzt über sein Vorhaben, das Mädchen zu töten* – wachgerüttelt hat. Leider viel zu spät. Laura war zwar am Leben. Und gesund. Aber ihre Erinnerungen waren für IMMER ausgelöscht. *Daher musste sie alles neu erlernen.* Emilio war gerade dabei, ihr alles wieder neu beizubringen. Eigentlich tat es ja jeder in seiner Familie. Und anhand Lauras Verhalten hatte er ja selbst schon bemerkt, dass sie über allerlei Dinge aufgeklärt werden musste. Zwingend sogar! *Über das große Thema Sex wusste sie nichts und von allem anderen, was die erotischen Vorspiele drumherum betrafen,* hatte sie sicherlich auch keinerlei Vorstellungen. Auch keine Ahnung davon. Wusste nichts darüber. Auch nichts davon, wie ihn Männer und Frauen praktizierten, wenn sie sich leidenschaftlich einander hingaben. Und von seinem Neffen Emilio hatte er vor Kurzem beiläufig erfahren, dass er Laura noch nicht angerührt hatte und dies auch nicht bis zu ihrem einundzwanzigsten Lebensjahr tun würde. *Emilio hatte im Gegensatz zu ihm also nicht vor, Laura zu ficken. Nicht vor der Hochzeitsnacht.* Er war im Gegensatz zu ihm und seinen verruchten Gedanken ein wahrer Gentleman. Ein Mann mit Ehre. Also alles, was er selbst gewesen ist, bevor dieses junge Mädchen bei ihm aufgetaucht war und seine ganze Gefühlswelt durcheinander gebracht hatte. Seine ganze Struktur auseinandergerissen hatte, um sie neu zusammenzusetzen. Eigentlich gab er ja indirekt ihr die Schuld dafür, dass sein Schwanz die Führung übernommen hatte, obwohl es vorher immer sein Kopf gewesen war, der ihm die Befehle erteilte. Ihn lenkte. Deshalb hatte ihm seine innere Stimme, die sich sein Wissen über Sex und auch seine Erfahrungen zum Vorteil machte, den Ratschlag gegeben, Lauras Innerstes zu wecken. Ihre Triebe wachzurütteln. Es war mit Sicherheit leichter, eine Frau zu verführen, dessen Geilheit ihr die richtige Richtung zeigte. Er lehnte sich daher lässig in den Sitz zurück, musterte die junge Frau, die ihm schüchtern gegenübersaß, bis sie die richtige Flughöhe erreicht hatten. Er haderte zwar noch ein bisschen mit seinem Gewissen, aber die Geilheit sorgte dafür, dass nichts mehr von dem kläglichen Rest seines Gewissens übriggeblieben war, was noch mit in den Flieger eingestiegen ist, als er noch die Möglichkeit dazu hatte, umzukehren oder aber die Notbremse zu ziehen. „Hat dir Emilio gesagt, dass du mir uneingeschränkt, unwiderruflich und bedingungslos gehorchen musst?", fragte er sie mit sanfter Stimme. Da seine Männer nicht in seiner unmittelbaren Nähe saßen, war er sich sicher, dass niemand seinem Gespräch lauschte. *Obwohl es ihm eigentlich ja auch egal war.* Er wusste, sie würden über alles Schweigen, was sie zufällig aufschnappten.

Laura schluckte. *Nickte.*

„Hast du plötzlich deine Sprache verloren?" Salvatore hob eine Braue. Musterte sie mit scharfen Blicken.

Laura schüttelte den Kopf. „Nein, Sir.", flüsterte sie. Sie konnte es nicht leugnen. *Er schüchterte sie ein. Genau in diesem Augenblick.*

„Gut.", erwiderte er kühl. „Dann fangen wir am besten noch mal von vorn an. Also, hat dir Emilio gesagt, dass du mir uneingeschränkt und bedingungslos gehorchen musst?" Er fixierte sie mit seinen dunklen Augen. Bereit, seinen Plan umzusetzen, der ihm gerade so vorschwebte.

„Ja, Sir.", erwiderte Laura leise. Sie spürte ihren Herzschlag. Und auch das Adrenalin, das ihr in diesem Moment durch die Blutbahnen jagte, als wäre es auf der Flucht vor dem Jäger.

„Und du weißt, was das bedeutet?" Er musterte sie wie ein Wolf.

„Ja, Sir. Ich muss alles machen, was Sie mir sagen."

„Und? Bist du denn auch bereit dazu, alles zu machen, was ich dir sage?"

„Ja, Sir."

„Und weshalb?"

„Weil es mir Emilio befohlen hat."

„Und du gehorchst ihm bedingungslos?"

24

„Ja, Sir."

„Also wirst du auch mir gehorchen? Bedingungslos. Weil er es gesagt hat. Dir befohlen hat, ALLES zu tun, was ich dir befehle. Von dir verlange. Und? Wirst du mir gehorchen, *kleines Täubchen?*"

„Das werde ich."

„Gut. Du lernst schnell.", bemerkte er. Ein kaum merkliches Lächeln huschte ihm über die Lippen. „Dann steh jetzt auf, geh zu den Toiletten hinüber, zieh dir dort deinen Slip aus und lass ihn im Waschbecken liegen. Dann kommst du zurück und setzt dich wieder hin."

Laura blieb fast das Herz stehen. Sie blieb wie erstarrt sitzen. Schaute den Mafiakönig ahnungslos an ob seinem äußerst seltsamen Befehl. „Weshalb muss ich das denn jetzt machen, Sir?", fragte sie zögerlich. Sah ihn immer noch mit aufgerissenen Augen an. *Einem Hundeblick, der Männer in die Knie zwingen konnte. Spielend leicht.*

Salvatore stieß einen leisen Seufzer aus und schüttelte gleichzeitig ermahnend den Kopf wie ein Schulmeister, der vom Schüler die falsche Antwort bekommen hatte. „Laura, Laura, Laura… ich dachte, du hast Emilio versprochen, mir zu gehorchen. Und schon beim ersten Test bist du durchgefallen. Das wird ihm sicherlich nicht gefallen, wenn ich ihm davon erzähle…"

„Das ist ein Test?", fiel sie ihm ins Wort.

„Natürlich. So testet man jeden, wenn man wissen will, ob er einem uneingeschränkt und bedingungslos gehorchen will."

„O. Das wusste ich nicht. Ich wollte nicht widersprechen. Ich habe mich nur darüber gewundert, weil… weil ich das noch nie gehört habe."

„Ich weiß, Laura. Du weißt noch so Vieles nicht. Nicht mehr. Deshalb versuchen wir ja auch alle, dir das, was du nicht weißt, also vergessen hast, Stück für Stück wieder beizubringen. Emilio. Meine Schwester. Concetta. Und natürlich auch ich. Jeder hat seine Aufgabe. Und ich meine." Salvatore atmete tief durch; überzeugt davon, seinen Plan strikt weiterzuverfolgen, bis er ihn ans Ziel führte. „Aber gut. Wenn du nicht mitspielen willst… ich dränge mich niemandem auf. Schließlich hat Emilio mich darum gebeten, dich zu erziehen und gleichzeitig auch Schutz anzubieten. Und nicht andersherum." Er schwieg, starrte Laura aber weiterhin mit seinen prüfenden Blicken an. *Er sah ihr an, dass sie über seine Worte nachdachte.*

Laura verstand zwar immer noch nicht, weshalb sie sich auf der Toilette ihren Slip ausziehen sollte, aber es gab leider immer noch so Vieles, was neu für sie war und was sie auch nicht so recht verstand, obwohl man es immer und immer wieder unermüdlich versucht hat, ihr so gut wie möglich und mit sehr, sehr viel Geduld zu erklären. Und wenn es tatsächlich ein Test gewesen ist, dem Salvatore sie gerade unterzogen hatte, dann war sie wohl jetzt durchgefallen. Aber sie wollte Emilio doch nicht enttäuschen. Nicht, nachdem er sie vorher noch so eindringlich darum gebeten hatte, seinem Onkel zu gehorchen, da dieser für ihre Sicherheit sorgte, solange er in England war. *Sie nahm also ihren ganzen Mut zusammen, um ihre anfängliche Verweigerung zu korrigieren.* „Es tut mir leid, Sir. Ich wusste nicht, dass es ein Test war. Bitte sagen Sie Emilio nicht, dass ich ungehorsam gewesen bin. Können wir den Test denn nicht von vorne beginnen? Ihn einfach wiederholen."

Salvatore huschte ein verschlagenes Lächeln über die Lippen. Er neigte sich leicht nach vorn. Legte dabei den Kopf schief und musterte das kleine Täubchen. „Na gut. Ich will noch mal ein Auge zudrücken. Aber beim nächsten Vergehen werde ich Emilio darüber informieren. Verstanden?"

Laura nickte. Sie spürte, dass ihr die Schamesröte ins Gesicht schoss.

Salvatore hingegen konnte kaum glauben, wie sehr es ihn erregte, einer wahren Unschuld gegenüber zu sitzen, obwohl sie in Wahrheit eine Hure war. *Eine Hure, die vergessen hatte, was sie alles getan hat. Und wie gut sie scheinbar ficken konnte, so dass alle Männer – vor allem aber dieser russische Hurensohn Stephan-Nikolai Sorokin – verrückt nach ihr waren. Ihn mit eingeschlossen!* „Also, gut. Wir fangen noch mal ganz von vorn an. Steh bitte auf.

Geh zu den Toiletten hinüber. Zieh dort deinen Slip aus. Lass ihn im Waschbecken liegen und komm dann wieder zurück."

Laura atmete tief durch. Dann erhob sie sich widerspruchslos und ging zu den Toiletten hinüber. Als sie vor dem Spiegel stand, sah sie ihre Wangen. *Bei Gott, die glühten ja richtig. Sie verstand diesen blöden Test zwar immer noch nicht, aber Salvatore würde schon wissen, was richtig ist. Und was falsch.* Zumindest hatte Emilio ihr das eingetrichtert. Sie zog sich den Slip von den Beinen. Legte ihn ins Waschbecken. Betrachtete sich im Spiegel. Musterte ihr Spiegelbild. *Ob man unter ihrem weißen Sommerkleidchen sehen würde, dass sie keinen Slip trug, fragte sie sich gerade, während sie verstohlen in den Spiegel sah.* Sie wusste es nicht. Sie verstand diesen blöden Test einfach nicht. Egal, wie sehr sie ihn auseinanderpflückte und in seine Bestandteile zerlegte. Sie konnte ihn drehen und wenden, wie sie wollte. Es war ein echtes Rätsel für sie. Sie würde Emilio aber danach fragen, sobald er aus England zurückkehrte. Vielleicht konnte ER es ihr ja so erklären, dass es auch sie verstand. Emilio erklärte immer alles so, dass sie danach keine Fragen mehr hatte. Meistens war das zumindest so gewesen. Sie verließ die Toilettenkabine wieder und ging zu Salvatore zurück. An seinen Gesichtszügen konnte sie deutlich erkennen, dass er zufrieden mit ihr war. Sie lächelte zurück und hoffte, er würde Emilio nicht erzählen, dass sie schon beim ersten Befehl widersprochen hatte. Sie setzte sich wieder hin.

„Hast du meinen Befehl befolgt?", fragte der *Jäger* und musterte das *kleine Täubchen.* Eigentlich hatte Salvatore ja bereits gesehen, dass Laura seinen Befehl befolgt hatte. Sein geschultes Auge hatte ihm verraten, dass diese Schönheit, die da auf ihn zukam, keinen Slip unter ihrem weißen Sommerkleid trug. Nun ja, möglicherweise sahen das die anderen ja auch. Aber er war sich sicher, dass es niemand gewagt hätte, ihm bei Emilio in den Rücken zu fallen. Seine Männer sahen Vieles. Aber seine Männer wussten auch, dass es wesentlich gesünder für sie war, darüber zu schweigen, was sie zufällig oder nicht rein zufällig mitbekamen. Aufschnappten wie neugierige Waschweiber. „Hast du wieder deine Sprache verloren?"

„Nein, Sir."

„Du hast ihn also noch an?"

„Ja, Sir. Nein. Ich meine, ja. Ich habe Ihren Befehl befolgt.", flüsterte sie. Bei Gott, dieser Test machte Laura wahrlich zu schaffen. Irgendwie stellte sie sich an wie ein Vollidiot.

„Ich will einen Beweis."

„Soll ich den Slip holen?"

„Nein. Spreiz deine Beine und zieh den Saum deines Kleides hoch. Dann sehe ich sofort, ob du mich angelogen hast."

Laura schluckte. *Sie zögerte. Wollte dennoch nicht schon wieder Salvatores Befehl anzweifeln.* Schließlich war es ja ein Test. Und sie wollte diesen blöden Test bestehen. Also spreizte sie leicht ihre Beine und zog den Saum ihres Kleides hoch.

Salvatore schluckte. Er spürte, dass ihm das Blut vom Kopf in die Lenden schoss. Und zwar binnen Sekunden und mit einer Höllengeschwindigkeit. Er konnte nicht verhindern, dass sein Schwanz hart wurde. Die Beule unter seiner Anzughose war deutlich zu sehen. Er überkreuzte die Beine, um seine Erektion zu verbergen. Dieser Anblick war jedoch so höllisch erotisch, dass er am liebsten auf der Stelle über sie hergefallen wäre wie ein *Gefährliches Raubtier.* Aber er wusste, dass er sich zügeln musste. Warten, bis sie in Bogotá angekommen wären. Warten, bis er sie soweit hatte, dass sie nichts mehr anzweifeln würde, was er ihr befahl. Bis er sie soweit hatte, dass er ihr das Versprechen abnehmen konnte, mit niemandem über seine Befehle zu sprechen. „Gut. Du bist gehorsam. Das gefällt mir. Und Emilio wird es sicherlich auch gefallen. Bedeck jetzt deine Beine wieder mit deinem Kleid. Aber zieh den Stoff unter deinen Schenkeln und auch unter deinem Hintern heraus, so dass du nackt auf dem Ledersitz sitzen kannst und das weiche Leder auf der Haut spürst."

Lauras Herzschlag trommelte wie wild in ihrer Brust. Diese Befehle waren so anders wie die Befehle und Anweisungen von Emilio. Sie zog den Saum ihres Kleides wieder über die Schenkel und zerrte an dem Stoff, so dass er unter ihrem Hintern gezwungenermaßen herausrutschte. Als sie das weiche Leder auf ihrer nackten Scham fühlte, da spürte sie plötzlich ein Gefühl, das sie normalerweise nur beim Küssen verspürte. *O mein Gott, wie konnte es sein, dass sie jetzt dasselbe Gefühl zwischen den Schenkeln spürte, nur weil sie nackt auf dem Ledersitz saß?* Bei Gott, jetzt wurde sie auch noch nass. Sie fühlte in aller Deutlichkeit, dass ihr der Lustsaft aus der Möse tropfte. Das geschah wirklich nur, wenn sie von Emilio geküsst wurde oder aber sich nachts selbst befriedigt hatte, wenn sie im Bett lag und über Emilio nachdachte. *O je, weshalb überkamen sie denn jetzt diese quälenden Gefühle? Diese verruchten Gedanken.* Sie konnte sich das gar nicht erklären. Instinktiv zog sie ihre Beine wieder zusammen, um das Leder, was höchstwahrscheinlich für ihre Geilheit verantwortlich war, nicht mehr so intensiv auf der Haut zu spüren.

Salvatore wusste ganz genau, weshalb Laura ihre Schenkel fest zusammenpresste. Er konnte ihr im Gesicht ansehen, dass es sie erregte, auch wenn sie möglicherweise nicht verstand, weshalb sie jetzt erregt war. Er sah das Blut, dass ihr durch die Venen rauschte. Die Halsschlagader vibrierte ganz leicht. Und weil sie das Haar zu einem Zopf zusammengebunden hatte, konnte er ihren zierlichen Hals ganz genau betrachten. „Habe ich dir erlaubt, dass du deine Beine wieder zusammenpressen darfst?" Er hob eine Braue.

„Nein, Sir.", flüsterte sie.

„Dann spreiz sie wieder. Und lass es dir kein zweites Mal mehr sagen. Sonst wirst du den Test wohl nicht bestehen."

„Bitte, Sir. Lassen Sie mich nicht durchfallen. Ich mache ja, was Sie mir befehlen. Bitte nichts Emilio sagen.", erwiderte Laura. Sie war ein bisschen nervös. Versuchte, ihrer Stimme aber trotzdem eine Farbnuance zu verpassen, die nicht verraten würde, weshalb sie jetzt so erregt war, dass sie am liebsten mit ihren Händen an ihrer empfindlichsten Stelle gerieben hätte, um ihren inneren Brand zu löschen.

*Salvatore Capulet* betrachtete voller Inbrunst die junge Frau, die ihm vor Wochen schon den Kopf verdreht hatte. Die ihm das Herz geraubt hat. *Die ihn um den Verstand gebracht hatte, so dass er sogar aus seiner eigenen Frau eine Laura Montague machen wollte.*

*Optisch zumindest.* Er spürte selbst, dass die Erregung ihren Höhepunkt erreicht hatte. Dass ihn das verbotene Spiel, das er begonnen hatte, langsam und unaufhaltsam an seine Grenzen führte. Er mit der Beherrschung rang, wie weit er jetzt tatsächlich gehen sollte. *Doch seine enorme Geilheit, seine Gier und die Besessenheit von dem Mädchen wiesen ihm den Weg unausweichlich in eine einzige Richtung.* „Hast du dich da unten denn schon mal selbst berührt?", knurrte er. *Rau und gefährlich hörte er sich an.* Und seine Stimmfarbe spiegelte allerlei Farbnuancen wieder. Doch die deutlichste darunter war die Gier, die in voller Pracht leuchtete und den Klang seiner Stimme in ein Keuchen verwandelte. *Buchstäblich!* „Und lüg mich nicht an. Lügen würden Emilio ganz bestimmt nicht gefallen. Und mir auch nicht. Er hat dir ja sicherlich gesagt, dass man immer die Wahrheit sagen muss.", ermahnte er sie vorsorglich.

Laura nickte. „Ja, Sir. Das habe ich… ich meine, mich mit meinen Händen dort unten schon selbst angefasst." Sie fühlte, wie ihr die Schamesröte erneut ins Gesicht schoss. *Wieso war ihr das plötzlich unangenehm, mit ihm darüber zu sprechen? Lag es daran, dass sie noch mit niemanden darüber gesprochen hatte? Auch nicht mit Emilio.* Dieser Test machte sie verrückt. Verrückt, weil sie es nicht verstand. Und verrückt, weil er sie irgendwie geil machte. Und DAS konnte sie sich gar nicht erklären. Beim besten Willen nicht. Ihr Herzschlag war so laut, dass sie hoffte, Salvatore würde es nicht hören. *Die anderen Männer, die im Vorderbereich der Kabine saßen, hatte sie vollkommen ausgeblendet.*

Salvatore schlug das Herz ebenfalls bis zum Hals. Sein Schwanz schien fast zu explodieren. Er hatte wahrlich Schwierigkeiten damit, sich nichts anmerken zu lassen, so dass Laura nach wie vor glaubte, es gehöre alles zum Test mit dazu. „Und wie oft?"

„Jede Nacht, Sir."

„Seit wann?" *Bei Gott, keuchte er jetzt etwa schon, fragte er sich gerade.*

„Ich weiß es nicht genau, Sir."

30

Salvatore schnalzte mit der Zunge. Ja, davon hatte ihm Emilio schon erzählt. Sie könne keine Zeiten bestimmen. Konnte die Dauer eines bestimmten Zeitraums nicht richtig einschätzen. Sie konnte sich auch nicht vorstellen, wie viel Zeit verstrich, wenn zum Beispiel ein Monat verging. „Hat dich Emilio da unten auch schon mal berührt? *Mit den Händen?"*

Laura schüttelte den Kopf. „Nein, Sir."

„Hättest du es dir denn gewünscht?"

*Laura nickte. Schluckte.* Atmete schwer.

„Tut es sehr weh, weil er dich noch nicht da unten mit den Händen oder aber mit der Zunge berührt hat, du es dir aber gewünscht hättest?"

„Mit der *Zunge?* Man kann sich mit der Zunge auch dort unten berühren?", fragte Laura überrascht. Ahnungslos starrte sie dem Mafiakönig in sein schönes Gesicht.

„Ja, kleines Täubchen. Man kann das. Und? Tut es sehr weh, weil er es noch nicht gemacht hat?"

„Ja. Es tut ein bisschen weh."

„Aber wenn du dich selbst berührst, nimmst du dir den Schmerz doch. Es ist irgendwie befreiend, nicht wahr?"

„Ja, Sir."

„Gut. Dann hatte Emilio also recht gehabt."

„Womit denn recht gehabt?" Laura sah ihn mit großen Augen an.

Salvatore tat so, als würde er zögern. Nicht weitersprechen wollen. Nicht Emilios Geheimnis verraten. Ausplaudern, was sie noch nicht wusste, aber scheinbar unbedingt wissen wollte.

„Bitte, Sir. Sagen Sie es mir bitte. Was hat Emilio denn gesagt?" Laura wurde neben ihrer enormen Geilheit auch noch sichtlich nervös. Von Neugier geplagt rutschte sie auf dem Sitz leicht hin und her. Dabei wurde sie aber nur noch geiler. *Auch das verstand sie nicht. Konnte sich beim besten Willen nicht erklären, welcher Sturm gerade in ihr tobte. Beziehungsweise durch ihren Unterleib fegte.*

„Na gut. Ich sage es dir. Er will dich da unten noch nicht berühren, da er das erst machen darf, wenn ihr verheiratet seid. Also hat er mich gebeten, dich dort unten zu berühren, damit du nicht mehr solche Schmerzen zwischen den Beinen hast, bis ihr verheiratet seid und er dir selbst diese Schmerzen nehmen kann. So ähnlich wie es auch ein Arzt tut, der dem Patienten die Schmerzen nimmt, wenn er welche hat, verstehst du. Emilio bereut es sehr, dass er dir nicht helfen kann. ER muss warten, bis du seine Frau bist. Aber ICH, ich darf dich berühren, ohne darauf warten zu müssen, dich zu heiraten, da wir ohnehin nicht heiraten werden…"

„Das verstehe ich nicht."

„Das ist in der Tat etwas kompliziert, *kleines Täubchen.* Aber keine Angst, ich werde es dir ganz langsam, Schritt für Schritt, erklären. Dann wirst du es besser verstehen können. Willst du denn, dass ich dir die Schmerzen jetzt nehme? Damit du dich besser fühlst. Was ja eigentlich auch Emilios tiefster Wunsch wäre. Er wäre mit Sicherheit froh, wenn du das freiwillig zulassen würdest. Er sieht dich ungern leiden. Deshalb hat er mich ja hinzugezogen, um dein und sein Problem zu lösen, da auch nur ich es lösen kann. Und? Soll ich dich von deinen quälenden Gefühlen, die dort unten zwischen deinen Beinen toben, befreien?" Er fixierte sie eindringlich mit seinen gierigen, undurchdringlichen Augen.

*Laura schluckte. Sie verstand kein Wort. Nichtsdestotrotz nickte sie, um ihm dadurch ihr Einverständnis zu zeigen. Zu zeigen und auch zu geben.* Sie spürte diese aufwühlenden Gefühle, die sie immer nach einem Gute-Nacht-Kuss plagten, weil sie von Emilio nicht bekam, was sie sich sehnlichst wünschte. Weshalb sie genau jetzt diese Gefühle hatte, konnte sie sich nicht erklären. *Dass es ihre niederen Instinkte waren, die sie dazu trieben, befriedigt zu werden, konnte sie nicht erahnen.* Vielleicht lag es aber auch nur daran, weil Emilio in London war und sie ihn vermisste. Sich wünschte, er wäre hier. Aber wenn er gesagt hat, sie solle alles machen, was Salvatore ihr befahl, dann wusste er um diese Gefühle Bescheid, die sie quälten, und hat deshalb seinen Onkel damit beauftragt, ihr diese in der Tat sehr qualvollen Schmerzen zu nehmen, die diese enorme Geilheit bei ihr auslöste. Auslöste, weil sie unbefriedigt war. *Gänzlich!* Obwohl sich Kopfschmerzen irgendwie ja schon anders anfühlten. Schlimmer. Diese Geilheit, die jedoch zwischen ihren

Beinen tobte, war bei Weitem nicht so schmerzvoll, auch wenn es sie an den Rand des Wahnsinns trieb, weil sie nicht bekam, wonach es sie gelüstete – *unbewusst.* Es quälte sie tatsächlich. Sie wunderte sich – *leider nur ein kleines bisschen* – darüber, weshalb Emilio nicht zuvor mit ihr über dieses Thema gesprochen hatte. Schließlich hatten sie sich ja über Sex schon unterhalten. Natürlich hatte auch Emilio gesagt, er erkläre ihr einiges; aber erst, wenn es soweit ist. Aber DAS mit den Schmerzen hätte er ihr ruhig schon vorher sagen können, murrte ihr geblendeter Verstand. Und auch, dass er seinen Onkel gebeten hatte, ihr diese quälenden Schmerzen zu nehmen. Dann wäre sie zumindest besser darauf vorbereitet gewesen. *Zweifellos!* Dann hätte sie zumindest auch gewusst, dass diese Gefühle, die sie vermehrt zwischen ihren Beinen verspürte, nichts anderes als gewöhnliche Schmerzen waren. *Indirekte Bauchschmerzen – sozusagen. Bauchschmerzen, die aber bei Langem nicht so quälend waren. Und schlecht war ihr dabei ja auch nicht.* „Ja. Ich will, dass Sie mir die Schmerzen nehmen, Sir."

Salvatore konnte seine Triebe kaum noch im Zaum halten. Sich kaum noch zügeln. „Dann steh jetzt auf und geh zu den Toiletten hinüber. Warte dort auf mich. Ich komme gleich nach…"

„Können Sie mir die Schmerzen denn nicht auch hier nehmen, Sir?" Sie sah ihn verwundert an.

„Könnte ich schon, kleines Täubchen. Aber davon dürfen nur Emilio, du und ich wissen. Es soll niemand anderes sehen, dass ich dir die Schmerzen nehme und dafür sorge, dass es dir wieder gut geht. Der Arzt heilt den Patienten ja auch nicht im Wartezimmer, sondern in seinem Sprechzimmer, wenn die anderen nicht zusehen, verstehst du? Das geht die anderen nichts an. Das ist unser kleines Geheimnis. Sozusagen ein Ehrenkodex zwischen Emilio und mir. Und jetzt natürlich auch zwischen dir und uns. Und ein Ehrenkodex muss vor anderen immer verheimlicht werden, um den Kodex zu schützen. Also muss es auch unser Geheimnis bleiben, wenn wir nach Palermo zurückfliegen. *Zwingend sogar. Verstehst du?"*

Laura überlegte. Sie verstand überhaupt nicht, worüber er sprach. Dennoch nickte sie erneut. Sie vertraute den Worten des

Mannes, den Emilio für sie auserwählt hatte, um dessen Befehle uneingeschränkt und bedingungslos zu befolgen. Sie erhob sich und schritt zu den Toiletten hinüber. Sie betrat den Raum. Wartete. *Spürte unentwegt ihren wilden Herzschlag. Auch wenn sie sich das Gefühlschaos, das in ihrem Innersten herrschte, und auch den Sturm, der in ihr tobte, als wäre gerade der 3. Weltkrieg ausgebrochen, wahrlich nicht so recht erklären konnte.*

Salvatore rang für eine Sekunde lang mit seinem schlechten Gewissen. Doch dann erhob er sich ebenfalls. Er ging eiligst zu den Toiletten hinüber. Öffnete die Kabinentür des Waschraums, als er davor stand. Trat hastig über die Schwelle hinein in den beengten Raum und verriegelte hinter sich wieder die Kabinentür. Er sah an dem kleinen Täubchen vorbei zum Waschbecken hinüber. Entdeckte sofort den Slip, der darin lag wie ein stummer Zeuge. Er richtete seinen gierigen Blick wieder auf Laura und sah ihr tief in die Augen. Er sah ihre Lust, auch wenn sie nicht wusste, dass sie enorme Lust zwischen den Beinen verspürte, die man ihr ohne Zweifel im Gesicht ansehen konnte. Er näherte sich ihr behutsam. Strich ihr mit der rechten Hand liebevoll eine Strähne aus dem Gesicht, als er sie erreicht hatte. Er strich ihr auch sanft übers Haar wie einem Kätzchen. Streichelte sie zärtlich, um ihr ihre Furcht zu nehmen. „Keine Angst, kleines Täubchen. Ich nehme dir nur die Schmerzen, die dich quälen. Du wirst mir am Ende dankbar dafür sein. Vertrau mir.", flüsterte er. Dann drängte er sie mit seinem gewaltigen Körper zurück, bis sie mit dem Hintern am Waschbecken anstieß. Er packte sie an den Hüften und lupfte sie aufs Waschbecken hinauf. Anschließend kniete er sich vor der Frau nieder, die sein Herz zum allerersten Mal zum Schlagen gebracht hatte. Er raffte ihr langsam den Saum ihres Kleidchens über die Schenkel. Spreizte vorsichtig ihre Beine. Drängte sich mit seinen Schultern behutsam zwischen ihre graziösen Beine; beugte sich vor und berührte mit seinen Lippen ihre Schamlippen. Küsste sie dort unten. *Zärtlich. Sanft. Wild. Immer stürmischer. Leidenschaftlicher. Gieriger wurde er.* Er spürte deutlich ihre Erregung. Er roch ihre Lust. Dieser Duft war unbeschreiblich. „Du riechst so gut.", knurrte er. Er selbst war erregt bis in die

34

Fingerspitzen. Fest saugte er nun mit seinem Mund an ihrer empfindlichsten Stelle und leckte mit seiner Zunge über ihre feuchte Möse. *Gottverflucht! Solch einen süßen, berauschenden Duft hatte er noch nie wahrgenommen, wenn er das Fötzchen einer Frau geleckt hatte.* Doch Lauras empfindlichste Stelle zu küssen und zu lecken, vertrieb seinen Verstand binnen Sekunden ins Nirwana. Für immer fort. Er saugte immer fester an ihr. Er spürte, dass ihm das Mädchen mit ihren Händen durchs Haar fuhr. Sich an ihm regelrecht festkrallte. Sich ihre zarten Finger in seinem dichten Haar vergruben. Sie seinen Kopf immer fester gegen ihre Möse presste. Er hörte sie auch leise stöhnen. Sie wurde immer lauter. *Stöhnte wie eine Hure, die nach Sex süchtig war.* Er spürte, dass sie mit dem Becken ganz langsam begonnen hatte, kleine Kreise zu ziehen. Es wahrlich kreisen ließ wie eine erfahrene Frau. Ein männerverschlingender Vamp, der die Unschuld hinter einer Maske verbarg. Er spürte deutlich, dass sie ihren Unterleib im selben Rhythmus bewegte, in welchem er genüsslich über ihre Scham leckte und seine Zunge wild auf ihrer erregten Spalte kreisen ließ. *Bei allen Göttern, darauf würde er nie wieder verzichten. Das schwor er sich. NIEMALS WIEDER! Und er würde einen Weg finden, sie zu seinem Eigentum zu machen. Auch das schwor er sich, während er sein kleines Täubchen mit dem Mund leidenschaftlich befriedigte.*

Laura schluckte, als er die Toilettenkabine betrat. Sie sah in seinem gefährlichen Blick, dass er ihr entschlossen und mit voller Inbrunst die Schmerzen nehmen würde. Jetzt! *Und wenn es nur annähernd so ist wie mit ihrer Hand, das, was er gleich machen würde, dann würde das Gefühl, das sie gerade zwischen den Beinen plagte, bestimmt schnell wieder verschwinden.* Ihr blieb das Herz stehen, als er sie sanft berührte. Mit ihr sprach. Sie dann behutsam aufs Waschbecken lupfte. Niemals hätte sie gedacht, dass allein diese sanfte Berührung des Mafiakönigs, als er sie hinaufgelupft hatte, sie noch geiler machte, als sie es ohnehin schon war. Als er plötzlich auf die Knie sank, stockte ihr der Atem. Als er sich mit seinen Schultern und seinem Kopf zwischen ihre Schenkel drängte, da setzte ihr Herz für einen Schlag aus. Als er sie dort unten, wo sie sich bis jetzt nur mit der Hand selbst berührt hatte, mit der Zunge berührte und hemmungslos an ihr leckte, da konnte sie nicht vermeiden, einen erleichterten Seufzer auszustoßen. Es wurden immer mehr Seufzer, die sie nicht mehr zurückhalten, nicht mehr unterdrücken konnte. Die ihr aus der Kehle drangen. Über die Lippen huschten. Diese zurückzuhalten, war bei Salvatores geübter Zunge schier unmöglich. *Bei Gott, weshalb hatte Emilio nie darüber gesprochen, dass er wollte, dass ihr Salvatore die Schmerzen nahm? Auf diese Art und Weise. Und er war ein wirklich guter Arzt, der Menschen von deren Schmerzen befreite. Sie spürte, dass die inneren Qualen langsam nachließen. Er ihr tatsächlich mit der Zunge die Erlösung, die Erfüllung brachte, nach der sie sich inbrünstig gesehnt hatte.* Sie konnte es in der Tat kaum erwarten, dass sie DAS, was Salvatore soeben mit seiner Zunge machte, auch mit Emilio machen konnte. *Denn es war entschieden besser als mit der Hand und ihrer enormen Vorstellungskraft, sich all das mit Emilio vorzustellen. Solche Gefühle bekam sie nicht, wenn sie sich selbst berührte. Nicht mal annähernd.* Sie seufzte leise. Und plötzlich fühlte sie, dass sich ein unglaublich starkes Gefühl in ihr aufbaute. Noch größer und intensiver als in ihrem Schlafzimmer, wenn sie nachts masturbierte und sich dadurch die Qualen gänzlich nahm, so wie es Salvatore ihr auch erklärt hatte. Und dann explodierte ihre Scham, als würde ein großes Feuerwerk darin stattfinden. Ein Feuerwerk, das ihren Durst augenblicklich stillte und eine unglaubliche Befriedigung durch ihren Körper jagte. *Sie kam. Und zwar ganz schön gewaltig.*

Als *Salvatore Capulet* bemerkte, dass sie gekommen war, erhob er sich wieder. Flüsterte ihr ins Ohr, dass sie den ersten Test mit Bravur bestanden hatte. Er lupfte sie wieder vom Waschbecken herunter und presste sie sanft auf den Boden. Als sie nun vor ihm kniete und zu ihm aufsah, da zog er seinen Reißverschluss herunter und entließ sein wildes Tier in die Freiheit. Sein harter Schwanz stand von seinem Körper ab wie ein gigantisches Raubtier. *Streifte sie im Gesicht, als er aus der Hose sprang. Breitbeinig stand er nun vor ihr.* „Und jetzt musst du dasselbe auch bei mir machen. Etwas,

was du nach der Hochzeit ebenso mit Emilio machen wirst müssen, um ihm die Schmerzen zu nehmen. Ein gewaltiger Schmerz, der die Geilheit bei einem Mann auslöst, wenn er eine Frau wie dich haben will. Unbedingt." *O ja, der Wahnsinn lag in der Tat über Salvatores Verstand wie ein dichter Nebel, der sein Bewusstsein trübte. In die Irre führte.*

„Sie haben also auch Schmerzen, Sir?", fragte sie ihn in ihrer Unschuld und ihrem jugendlichen Leichtsinn, der bedauerlicherweise nach einem Unfall erst aufblühte. Vorher war Laura eine der intelligentesten Frauen gewesen. Eine Frau, der man nichts vormachen konnte. Eine Frau, die genau wusste, was sie wollte und was auch Sache war. Nur deshalb hatte sie ihn gefragt, ob er auch Schmerzen habe. Schmerzen, die gleichermaßen auch durch ihren Körper fuhren wie ein Sturm, wenn sie geil war.

Salvatore nickte. „Ja, *kleines Täubchen.* Ich habe auch fürchterliche Schmerzen. Schmerzen, die du gerade bei mir ausgelöst hast. Das kannst du sehen, weil das, was sich jetzt vor deinem schönen Gesicht befindet, also mein Schwanz, nur dann so groß und dick wird wie jetzt, wenn man einen gewaltigen Schmerz zwischen den Beinen spürt. Denn wenn man einem anderen diese quälenden Schmerzen nimmt, so wie ich es gerade bei dir getan habe, dann bekommt man zwangsweise selbst auch Schmerzen – wie du sehen kannst. Der Arzt und der Patient heilen sich quasi gegenseitig. Aber das wirst du mit der Zeit besser verstehen, weil ich es dir erklären und beibringen werde, bis du es auch richtig verstanden hast. Vertrau mir." Salvatore huschten seine mit Geilheit getränkten Worte mühelos über die Lippen. Die Erregung konnte er nicht mehr zurückhalten. Man hörte sie deutlich in seiner Stimmfarbe. Sie spiegelte seine wilden Triebe ohne Tabus wider. „Und? Wirst du mich von meinen Schmerzen auch befreien, *kleines Täubchen?"*

Laura nickte. „Ja, Sir. Das werde ich.", flüsterte sie und betrachtete den harten Schwanz des Mannes, der sie soeben von den quälenden Schmerzen befreit hatte, die zwischen ihren Beinen getobt hatten wie ein gewaltiger Sturm. Der Schwanz von Salvatore sah in der Tat groß und dick aus. Etwas, das sie wahrlich vorher noch nie im Leben gesehen hatte. Und dann küsste sie die Spitze des Schwanzes. Liebkoste zuerst nur ganz zögerlich die pralle Eichel. Sie atmete immer schwerer. *Unkontrollierter.* Sie öffnete leicht ihren Mund und liebkoste nun auch mit der Zunge das Ding, das von ihm Abstand und ihr ins Gesicht ragte wie eine Stange. Mit Inbrunst leckte und saugte sie daran, um auch ihm zu geben, was er ihr gegeben hatte. Mit jeder Minute, die verstrich, fühlte sie sich sicherer. Glaubte fest daran, auf diese Art und Weise Salvatores Qualen zu mildern, um ihn zu heilen. So wie auch er es getan hatte, als die bitterbösen Qualen zwischen ihren Beinen ihr den Verstand geraubt hatten.

Salvatore *konnte kaum glauben, dass sein kleines Täubchen den ersten Schritt freiwillig getan hatte, um seine Sub zu werden.* Eine gehorsame Sklavin, die ihm mit ihrem Körper diente. *Und sie war verdammt gut in dem, was sie gerade tat!* Ihre Ahnungslosigkeit geilte ihn auf. Ihre Lippen auf seinem Schwanz trieben ihm das Adrenalin durch die Adern. Ihre Zunge erlöste ihn von der Geilheit. Und als er spürte, dass sich ein Orgasmus mit rasender Geschwindigkeit in ihm aufbaute, da stieß er stöhnend aus: „Du musst jetzt alles schlucken." Er keuchte immer schneller, bevor er schlussendlich in ihrem Mund abspritzte. *Und bei Gott, noch nie hat sich für ihn etwas so gut angefühlt, wie die zarten Lippen dieser Unschuld, die gerade seine ganze Lust herunterschluckte. Als er auf sie herabsah, fuhr er ihr zärtlich mit seinen Händen durchs Haar und zerwühlte es.*

*Halleluja! War das gut gewesen.* Dieses kleine Täubchen würde er niemals wieder freilassen. Niemals wieder würde es ihm fortfliegen können, weil er es im Käfig gefangen hielte. Ihm die Flügel stutzte. *Es einschloss wie eine süße Prinzessin in einem Turm.* Niemals wieder würde er sie gehen lassen. Nie wieder würde er es sich fortnehmen lassen, was er in diesem erhabenen Moment der Erlösung verspürt hatte. Egal, ob sein Neffe in seiner Naivität tatsächlich glaubte, sie bald nach England holen zu können. ER würde sie nicht mehr freigeben. Das beschloss seine blinde Gier genau in diesem Augenblick. Und ER fände sicherlich einen Weg, sie für immer behalten zu können! *Den Goldenen Käfig würde er ihr mit eigenen Händen errichten. Erbauen wie ein König.*

Als die erlösende Befriedigung nun durch die Körper der beiden strömte, zog er sie wieder zu sich hoch und küsste wild ihren Hals, ihr Dekolleté, ihre Wangen, ihren Mund. Mit den Händen streifte er ihr die Träger des Kleides über die Schultern. Wie ein wildes Tier liebkoste er sie. Hinterließ auf ihrem nackten Körper lauter Knutschflecke und dezente Abdrücke seiner Zähne, nachdem er zärtlich ihre makellose Haut malträtierte. *Er zeichnete sie sozusagen als sein Eigentum, auch wenn er um dieses Eigentum würde noch bitterböse kämpfen müssen. Mit einem Menschen, den er bis dato eigentlich ja geliebt hatte wie einen eigenen Sohn!* Er beugte sich herunter. Küsste leidenschaftlich auch ihre kleinen Brüste. Saugte an deren Nippeln. Biss zärtlich hinein. Wurde immer gieriger. Wilder. Zügelloser. *Hemmungslos ließ er seine Lippen über Lauras makellose Haut gleiten.* Dann löste er sich wieder von ihr. „Dreh dich um. Und beug dich über das Waschbecken.", befahl er ihr mit rauer Stimme.

Laura gehorchte. *Anstandslos.* Immer noch benommen von dem Orgasmus, der durch ihren Körper gerauscht war wie ein Sturm. Der Geschmack von Salz in ihrem Mund irritierte sie ein klein wenig. Dennoch hatte es geschmeckt. Besser als die Medizin, die man ihr vor einigen Wochen noch verabreicht hatte. Und höchstwahrscheinlich war es Medizin gewesen, was Salvatore ihr gerade verabreicht hat. Es kam aus ihm heraus. Das hatte sie wahrlich noch nicht gesehen.

Salvatore betrachtete Lauras schönes Gesicht im Spiegel. Er konnte ihr ansehen, dass es ihr gefallen hatte. Sie hatte einen völlig zufriedenen Blick drauf. *Ihre Gesichtszüge sprachen Bände.* Dann begutachtete er ihren nackten Hintern. Strich zärtlich mit der Hand über das zarte Fleisch. Er griff in die Hosentasche hinein und zog einen Analplug heraus. Es war nicht der größte gewesen, den er Concetta heimlich aus ihrem Schrank entwendet hatte, aber es war sicherlich der beste, um Laura in die Kunst des Analsex' einzuführen.

Der Oralsex bildete ja bereits die Ouvertüre. Natürlich wusste sein Neffe, dass sie keine Jungfrau mehr war. Aber er durfte nicht riskieren, dass sie schwanger von ihm wurde. Sein kleines Geheimnis dadurch aufflöge. *Er wollte Laura. Wollte sie wirklich. Unbedingt! Aufrichtig und ehrlich. Er beabsichtigte sie zu seiner Geliebten zu machen. Seiner Sub. Seiner Frau! Er war besessen von ihr. O wie wahr!* Aber Emilio würde ihm sicherlich das Messer in die Brust jagen, wenn er davon wüsste. Also dürfe er sie vorläufig nur in den Arsch ficken, bis er alles zu seiner Zufriedenheit geregelt hätte. Und natürlich auch, um sich die Befriedigung zu holen, die er dringendst brauchte, ohne den Verstand zu verlieren, weil er sich nichts sehnlicher wünschte, als Laura zu ficken. *Tag ein Tag aus. Jede Nacht! Ununterbrochen plagten ihn seine Gelüste.* Damit sie aber nicht aufriss, wenn er das erste Mal in ihren After eintauchte, um sie zu entjungfern, und sie sich gleichermaßen auch an die Dicke seines Schwanzes besser gewöhnen konnte, musste er sie erst einmal ein bisschen für sich weiten. Er zog Lauras Pobacken sanft auseinander und führte ihr behutsam und ganz langsam den Analplug ein, den er vorher mit Spucke leicht angefeuchtet hatte. Bis zum Anschlag trieb er ihr das Sexspielzeug in den Anus hinein. Dabei beobachtete er Laura im Spiegel, die es scheinbar genoss, was er gerade mit ihr tat. Er hörte auch ihr leises Stöhnen, je tiefer er in sie eintauchte. Dann griff er mit der Hand erneut in die Hosentasche und zog Liebeskugeln heraus. Auch diese trieb er Laura zärtlich in ihre noch nasse, enge Öffnung hinein. *O ja, das sollte sie permanent stimulieren. Aufgeilen, so dass sie an nichts anderes mehr denken konnte, als an DAS, was er soeben mit ihr Geiles getan hatte.* Und mit den Liebeskugeln würde sie sicherlich von der Dauergeilheit befallen werden. Da war er sich ganz sicher. „Das ist die zweite Lektion, kleines Täubchen. Du lässt die beiden Spielzeuge in dir, bis ich dir erlaube, es wieder zu entfernen. Oder aber bis ich es selbst wieder herausziehe, wenn ich es für richtig halte."

„Das sind *Spielzeuge?"*

„Ja. Ich erkläre dir das Spiel in langsamen Schritten. Das verspreche ich dir." Er beugte sich tief über sie. Begrub ihren zierlichen Körper unter sich. Küsste ihren Nacken und rieb mit seiner Hand fest über ihre feuchte Scham. Er fühlte bereits ihre Nässe auf seinen Fingern. Nässe, die die Liebeskugeln und der Analplug in ihr ausgelöst hatten. *O ja, scheinbar war sie schon wieder geil.*

„Aber wenn ich für kleine Mädchen muss? Was mache ich dann?"

„Das kannst du auch ohne Probleme mit dem Analplug in deinem süßen Popo machen. Und auch mit den Liebeskugeln, die ich dir vorne eingeführt habe. Es wird dich dabei nicht stören. Vertrau mir." Er sah im Spiegel, dass Laura ihn fragend ansah. „Die Spielzeuge.", korrigierte er sich schnell.

„Und... wenn ich das für große Mädchen muss?"

„Dann kommst du einfach zu mir und fragst mich, ob du auf die Toilette gehen darfst. Ich werde dann entscheiden, was wir wie tun werden. Ob wir die Toiletten gemeinsam aufsuchen werden... oder ob ich dich alleine hinschicke. Hast du das verstanden?"

„Ja, Sir.", flüsterte sie. Sie konnte es kaum glauben, dass sich ihre Stimme so erregt anhörte. *Sie konnte kaum glauben, dass sie das Ding, was er ihr soeben in den Hintern eingeführt hatte, erregte. Auch die Kugeln, die er ihr vorne hineingeschoben hatte. Beides erregte sie ungemein. Es löste dieselben Gefühle in ihr aus, wie die Zungenküsse ihres Verlobten. Weshalb tat er es? Etwa um genau diese Gefühle in ihr auszulösen? Sie war sich nicht sicher, wagte dennoch nicht zu widersprechen. Auch nicht danach zu fragen. Sie war in ihrer Unwissenheit tatsächlich überzeugt davon, alles was Salvatore mit ihr gemacht hatte, basierte gänzlich auf Emilios Wünschen, worum er sie vor dessen Abreise nach England ja aufs Eindringlichste gebeten hatte, und diene daher nur ihnen beiden. Salvatore war wahrlich nett, weil er sich so liebevoll um sie kümmerte und auch die Wünsche seines Neffen alle so dermaßen zärtlich ausführte, um es ihr so schön wie möglich zu machen. Das würde möglicherweise nicht jeder Onkel tun, kam es ihr in den Sinn. Er war ein wirklich guter Onkel, schoss es ihr durch den Kopf. Sie dachte besser von ihm, als sie es auf Sizilien noch gemacht hatte. Eigentlich müsste sie sich dafür ja schämen, einen einzigen schlechten Gedanken über ihn gedacht zu haben. In der Vergangenheit!*

Der Mafiakönig packte sein kleines Täubchen nun bei den Schultern. Zog sie zu sich hoch und drehte sie gleichzeitig zu sich herum. Dabei zupfte er ihr den Saum ihres Kleides wieder über die Schenkel. „So. Und jetzt gehst du ganz brav wieder zurück auf deinen Platz. Ich komme gleich nach.", raunte er ihr ins Ohr. „Und vergiss nicht. Ich werde wissen, wenn du es dir heimlich herausgezogen hast, ohne dass ich es dir erlaubt habe. Und du bist doch ein gehorsames Mädchen, oder?"

Laura nickte. „Ja, Sir.", flüsterte sie.

„Übrigens. Du wirst es alleine nicht mehr einführen können, wenn du es ohne meine Erlaubnis herausgezogen hast. Nicht, bevor ich es dir nicht gezeigt habe. Dir beigebracht habe, wie man es einführt, so dass es nicht wehtut. Verstanden, kleines Täubchen?"

„Tut es denn sehr weh, wenn man nicht weiß, wie man es machen soll?"

„Ja, kleines Täubchen. Das tut es. Deshalb brauchst du auch mich dazu, damit ich es dir richtig zeige und du nichts falsch machen kannst. Verstanden?"

„Ja, Sir.", sagte sie leise.

Als *Laura Montague* die Kabine wieder verlassen hatte, betätigte er den Wasserhahn und träufelte sich mit der Hand das kühle Wasser ins Gesicht. Er betrachtete sich im Spiegel. *Der erste Schritt zum Ganzen war nun vollbracht.* Und es war einfacher gewesen, als er gedacht hatte. Binnen kurzer Zeit hatte er sie gefügig gemacht. Es hatte sogar weniger als eine Stunde gedauert. Und wenn er diesmal nach Sizilien zurückkehrte, kehrte er jetzt nicht mehr mit leeren Händen zurück. Er würde seine *frischgebackene Geliebte* mitbringen, die sein kleines Täubchen in der Tat für ihn darstellte. Und er würde einen Weg finden, dass sie Emilio verschwieg, was er mit ihr tat. *Heimlich. Wenn sie alleine waren. Ab diesem Zeitpunkt!* Sie war nun sein.

Salvatore fuhr sich mit beiden Händen durchs Haar. Jetzt noch über ein Zurück nachzudenken, war vergebene Liebesmüh. Denn dafür war er entschieden zu weit gegangen. Aber wie gesagt – er wollte auch gar nicht mehr zurück. *Laura gehörte nun ihm!* Er verließ den Waschraum des Privatjets und ließ sich wieder auf seinem Sitz nieder. Er fixierte Laura mit seinen dunklen Augen. „Habe ich dir erlaubt, die Beine zusammenzuziehen?"

„Nein, Sir.", sagte sie leise.

„Dann spreiz sie wieder."

Laura gehorchte. Die Spielzeuge, die er ihr dort unten eingeführt hatte, wo sie ansonsten ihr kleines und großes Geschäft verrichtete, erregten sie von Mal zu Mal mehr. Und sie konnte es sich nicht so recht erklären. Sie versuchte die Beweggründe von *Salvatore Capulet* zu verstehen. Wirklich zu verstehen. Bis ins letzte Detail. Wobei sie sich eingestehen musste, dass sie dafür wohl noch zu dumm und unerfahren war und ihr definitiv der Verstand dazu fehlte.

Salvatore versuchte ein Lächeln über die Lippen zu pressen. Aber es funktionierte nicht so recht. Er war nun mal ein Mann, der nicht lächelte; auch wenn seine Schönheit viele neidisch machte, die im Gegensatz zu ihm lächelnd durch die Welt stapften. „Und? Wie fühlt es sich an?"

„Komisch.", sagte sie. Erröte schon wieder in seiner Gegenwart.

„Inwiefern *komisch?*" Er musterte sie mit erhobener Braue.

„Es löst dieselben Gefühle in mir aus wie Emilios Küsse."

Ungewollt entlockte es ihm ein Lächeln. „Dann machen die Spielzeuge ja genau die richtigen Dinge mit dir. Emilio hat mich übrigens gebeten, es in deinen Popo und auch in deine Scham einzuführen, nachdem ich dich von deiner quälenden Lust befreit habe. Und er bat mich auch, dir das Spiel, welches wir jetzt beide miteinander spielen werden, in langsamen Schritten zu erklären.", erwiderte er mit einem zufriedenen Lächeln auf den Lippen.

„Wir spielen ein Spiel? Was für ein Spiel denn? Das verstehe ich nicht."

„Das macht nichts, Laura. Du wirst es bald verstehen, versprochen. Manche Dinge kann man nicht sofort erklären. Und auch nicht sofort begreifen."

Sie sah ihn mit großen Augen an. Ersparte sich die Antwort, um sich nicht zu blamieren.

„Ich muss noch ein paar Regeln aufstellen, die du zwingend einhalten musst. Du weißt doch, was Regeln sind, oder?"

„Ja. Dinge, an die man sich halten muss, um niemanden zu verärgern."

„Richtig. Also, wir beide sprechen mit niemandem darüber, was wir soeben getan haben. Und auch nicht darüber, dass wir gerade ein Spiel miteinander spielen. Emilio hat mich nämlich im Vertrauen darum gebeten, dir während seiner Abwesenheit die Schmerzen zu nehmen und das Spiel, welches wir spielen, zu beginnen. Schmerzen können – wenn man es genaugenommen nimmt – auch mit dem Wörtchen LUST übersetzt werden. Wenn du Kopfweh hast, dann musst du eine Tablette nehmen, um deine Kopfschmerzen zu lindern. Wenn du Schmerzen auf deinem Fötzchen verspürst, dann ist das eine Art Lust, die dich quält, weil sich niemand darum kümmert, diese Lust zu stillen. Und ich bin nun derjenige, der dich von deiner quälenden Lust befreit. Diese quasi heilt. Deine Schmerzen lindert…"

„Was ist denn ein *Fötzchen?*"

„Das nasse Ding da unten zwischen deinen Beinen. Deine Möse, kleines Täubchen. Man sagt auch Scham dazu. Oder Scheide. Es ist alles dasselbe, verstehst du?"

Laura nickte.

Salvatore fuhr mit seiner Ansprache fort: „Also, ab sofort gilt: wenn du Lust zwischen deinen Schenkeln verspürst, muss sich definitiv jemand darum kümmern. Emilio darf nicht. Aber ich. Du hast Glück, kleines Täubchen, dass ich der Einzige bin, der das darf und auch bereit dazu ist, es zu machen. Deshalb muss ich mich auch darum kümmern, dass deine Lust gestillt wird, wenn du Lust verspürst, also geil wirst. Emilio darf es ja bedauerlicherweise nicht vor der Hochzeit tun. Darüber habt ihr ja bestimmt schon gesprochen, oder?"

„Er hat erwähnt, dass er Dinge mit mir noch nicht machen darf, das ist richtig. Dinge, die mit Sex zu tun haben. War das denn Sex, was wir soeben gemacht haben?"

„Nein, kleines Täubchen. Das war die Vorstufe dazu. Sex wäre es nur gewesen, wenn es Emilio mit dir getan hätte, der es aber leider noch nicht mit dir tun darf."

„Das verstehe ich nicht."

„Das macht nichts. Du darfst mir ruhig glauben. Das einzige Problem ist nur, dass sich Emilio fürchterlich schämt, mit dir offen darüber zu sprechen, dass er mich beauftragt hat, diese Dinge mit dir zu tun, die wir beide gerade gemacht haben, weil ER das eben alles noch nicht tun darf, was aber nur ICH ohne Probleme im Gegensatz zu ihm mit dir machen darf."

„Was heißt das, *er schämt sich?*"

„Das heißt, es ist ihm äußerst unangenehm, deshalb möchte er nicht mit dir selbst darüber reden."

Laura überlegte. Ja, es war ihr in der Tat schon oft so vorgekommen, als würde ihr Emilio etwas verschweigen. Etwas, worüber er noch nicht mit ihr reden konnte. „Okay. Ich verstehe.", erwiderte sie zögerlich.

„Deshalb werde auch nur ICH ihn über die Fortschritte mit dir hinsichtlich unseres Spiels und auch über unsere Testergebnisse informieren. Ihm erzählen, wie gehorsam du warst. Ihm auch sagen, wenn du dich weigerst, meine Befehle auszuführen. Ich werde ihm berichten, wie ich deine Lust gestillt habe und was wir in der Toilette miteinander soeben getan haben. Und was wir in Bogotá auch nachts miteinander tun werden, wenn ich dich auf deinem Zimmer aufsuche, sobald die anderen schlafen. Er wird erfreut sein, dass ich dir gegeben habe, was du definitiv auch gebraucht hast. Er wird zufrieden sein, dass ich deinen Hunger nach dem Vorspiel zu Sex löschen konnte; also den Hunger stillen, damit du satt wirst. Du darfst aber unter keinen Umständen selbst mit ihm darüber reden, weil er sich – wie gesagt – fürchterlich schämt und deshalb mit dir

45

über diese Dinge nicht vor der Hochzeit sprechen will. Da es aber eine mündliche Vereinbarung zwischen uns dreien ist, die niemanden etwas angeht, dürfen wir auch mit niemandem darüber reden. Und wenn ich sage mit niemandem, dann meine ich auch mit NIEMANDEM. Also keinen anderen Menschen darfst du davon erzählen, was wir miteinander machen, wenn ich dich weiteren Tests unterziehe. Auch nicht über unser Spiel sprechen, das wir miteinander spielen. Auch nicht von dem Ding da drin in deinem Popo darfst du irgendjemandem davon erzählen. Oder den Kugeln, die ich in dein Fötzchen gesteckt habe. Hast du das verstanden?"

Laura nickte. „Ich glaube schon. Habe ich den Test denn jetzt bestanden?"

„Diesen hier schon. Aber es werden noch – wie gesagt – viele weitere Tests folgen, die du meistern musst. Ich bin mir jedoch sicher, dass du sie alle mit Bravur bestehen wirst. Vorausgesetzt natürlich, du machst, was ich dir sage. Und widersprichst mir nicht. Und schweigst über all diese Dinge, die ich dir zeige."

Laura begriff nicht im Entferntesten, worum es bei dem ganzen Spiel ging und welche tragende Rolle sie darin wirklich spielte. „Ich werde nicht widersprechen, Sir. Und ich werde auch niemandem davon erzählen. Auch nicht Emilio."

„Gut.", war alles, was er darauf erwiderte. „Was wirst du also sagen, wenn du das nächste Mal mit ihm telefonierst?"

„Dass ich ein braves Mädchen bin und alles mache, was mir sein Onkel sagt.", antwortete sie spontan. Sie glaubte tatsächlich alles, was ihr Salvatore gerade erzählt hatte. Es klang irgendwie logisch. Sie hatte auch keinen Grund, seine Worte anzuzweifeln. Nicht, nachdem ihr Emilio versichert hatte, Salvatore sei für ihre Sicherheit verantwortlich und sie müsse uneingeschränkt, unwiderruflich und bedingungslos alles machen, was er ihr anschaffte.

„Du bist in der Tat ein braves und auch ein intelligentes Mädchen, Laura."

Laura lächelte. Jetzt fühlte sie sich sogar geschmeichelt. Gott sei Dank hatte sie den Test bestanden und nichts getan, was Salvatore dazu veranlasst hätte, Emilio zu erzählen, sie sei unartig gewesen.

„Ach ja, noch eine wichtige Regel. Wenn du Lust verspürst, also geil wirst, dann kommst du umgehend zu mir, denn nur ICH darf deine Lust stillen. Falls dir ein anderer Mann in die Quere kommt, um deine Lust stillen zu wollen, dann sagst du es mir sofort. Denn kein anderer Mann darf das mit dir machen, was ich gerade mit dir gemacht habe. Und auch kein anderer Mann darf dich irgendwelchen Tests unterziehen oder mit dir dasselbe Spiel spielen, das ich gerade mit dir spiele. Hast du das verstanden?"

„Ja, Sir. Was passiert denn, wenn mir ein anderer Mann dazwischenkommt, um diese Dinge mit mir zu tun, die Sie gerade gemacht haben oder aber Emilio machen wird, wenn wir verheiratet sind? Dann irgendwann mal... in der Zukunft..."

„Es wird sein letzter Versuch im Leben gewesen sein, dich von deiner Lust befreien zu wollen. Ich schlitze ihm nämlich die Kehle auf, während er dir ins Gesicht sieht und sich bei dir für sein unverschämtes Verhalten entschuldigen muss. Die letzte Handlung in seinem beschissenen Leben sozusagen. So habe ich es zumindest mit Emilio besprochen. Er will, dass nur ICH mich um dich kümmere. Jeder andere wird zur Hölle fahren, der das versucht. Und ich persönlich werde dafür sorgen, dass er auch zur Hölle fährt!" Salvatores Stimme klang kühl. *Kühl. Rau und gefährlich.*

Laura erschauderte. Sagte aber nichts mehr darauf. Ihr Verstand versuchte gerade zu verdauen, was ihr Salvatore erzählt hatte. *Irgendwie verstand sie das alles nicht.*

„Du hast also verstanden, dass dich kein anderer Mann ficken darf?"

„Was heißt denn *ficken,* Sir? Das verstehe ich nicht."

„Das, was wir soeben zusammen gemacht haben, beziehungsweise das, was wir nachts noch miteinander tun werden, nennen Menschen, die wie wir eine solche Vereinbarung miteinander geschlossen haben, auch *ficken.* Es ist eine etwas abgewandelte Form zur Bedeutung *Schmerzlinderung,* was im Prinzip vereinfacht FICKEN heißt. *Eine Art Geheimsprache – sozusagen, die wir beide benutzen.* Aber nur wenn wir alleine sind, sprechen wir dieses Wort auch aus. Es ist so etwas Ähnliches wie ein geheimer Code, den nur wir beide kennen und auch nur wir beide verstehen, wenn wir ihn benutzen. Und natürlich will mein Neffe, dass du nur in meiner Gegenwart diesen Code benutzt. Sonst müsste er am Ende ja noch mit dir über etwas reden, worüber er aber bis zur Hochzeit nicht mit dir reden möchte. In seiner Gegenwart solltest du es – *also das Codewort FICKEN* – deshalb nicht verwenden. Hast du das verstanden?"

Laura überlegte. Nickte. So ganz klar war es ihr aber nicht. Dennoch versuchte sie sich zu merken, dass sie das Wort FICKEN nur in den Mund nehmen dürfe, wenn sie mit Salvatore alleine war. *Weshalb auch immer.*

„Und heute Nacht werde ich zu dir kommen, um dich zu ficken. Dann wirst du begreifen, was genau dieses Wort bedeutet. Hast du das verstanden?"

Laura nickte.

„Hast du deine Sprache schon wieder mal verloren?"

„Nein, Sir."

„Gut. Dann vergiss nicht, dass ich immer eine Antwort von dir erwarte, wenn ich dich etwas frage. Nicken tun nur kleine Mädchen. Aber du bist doch kein kleines Mädchen mehr, oder?"

„Nein, Sir."

„Gut. Dann hätten wir ja jetzt alles geklärt." Er sah auf die Uhr. „Es dauert nicht mehr lang, bis wir in Kolumbien ankommen. Schlaf jetzt noch ein bisschen."

Laura lehnte sich zurück und schlug die Augen zu, obwohl sie jetzt bestimmt nicht einschlafen könnte. Nicht mit dem Spielzeug in ihrem Po. Oder den Kugeln in ihrem Fötzchen. Dinge die sie irgendwie geil machten. Unausweichlich! Dennoch wollte sie *Salvatore Capulet* zeigen, dass sie seinen Befehlen uneingeschränkt und bedingungslos gehorchte. Genauso, wie es Emilio auch von ihr gefordert hatte. Und wohl auch erwartete. *Schließlich hatte er ja auch gesagt, sie müsse alles machen, was sein Onkel ihr sage. Sie dürfe auf keinen Fall diese Dinge anzweifeln.* Und während sie Salvatore vortäuschte, ein bisschen zu schlummern, dachte sie über Emilio nach. Und auch über die letzte Nacht in Sizilien, bevor er nach London aufgebrochen war, als sie sich gemeinsam die Sterne angesehen hatten. *Bei Gott, sie liebte ihn. Abgöttisch.* Und sie konnte es kaum erwarten, bis er sie fickte. Auch wenn sie heute Nacht erst lernen würde, was es heißt, gefickt zu werden.

Salvatore hingegen betrachtete das schlafende Mädchen und malte sich aus, was er alles des Nachts mit ihr anstellen würde. Und schon wieder verspürte er diese Geilheit, die ihn schon seit Wochen plagte. *Sein Schwanz wurde hart.* Und er konnte nichts dagegen tun. Nicht gegen seine starke Erregung ankämpfen. Und all das, obwohl er vor weniger als einer Stunde einen Orgasmus bekommen hatte und eigentlich ja auch gänzlich befriedigt sein müsste. Zumindest für den Moment. Aber er spürte ganz deutlich, dass er unersättlich war. Denn er wollte immer mehr. *Definitiv!*

Das kleine Täubchen war wahrlich das Beste, was ihm jemals im Leben passiert ist. Und er würde sie fortan hüten wie einen Schatz, was sie in seinen Augen für ihn in der Tat darstellte.

Er richtete sich abrupt auf, ging einen Schritt auf sie zu und setzte sich neben sie. Und während er sie betrachtete, fuhr er ihr mit seiner Hand unter das Kleid. *O ja, er spürte, dass sie nass war. Furchtbar feucht sogar. Sie war geil. Das war sehr gut. Es kam ihm fast so vor, als könne er in ihr Innerstes hineinsehen. Schon die ganze Zeit über!* „Ich habe nur überprüft, ob alles dort unten in Ordnung ist, kleines Täubchen. Die Spielzeuge tun scheinbar genau die Dinge, die unser Spiel erfordert. Schlaf jetzt weiter. *Beziehungsweise: tu nur so!* Und lass die Augen geschlossen. Stell dir einfach vor, was ich vorhins Geiles mit dir gemacht habe.", flüsterte er, während er sie sanft streichelte. Dort unten. Ihr Fötzchen wurde immer feuchter, während er es mit den Fingern hemmungslos massierte. *Er selbst wurde dabei immer gieriger. Leidenschaftlicher. Massierte ihre empfindlichste Stelle immer härter.* Ihr Stöhnen klang wie Musik in seinen Ohren. Und es geilte ihn auf zu beobachten, wie sie ganz von allein, vor allem aber freiwillig ihre Schenkel spreizte, damit er sie besser mit der Hand erreichen konnte, um sie zu befriedigen. Als sie immer lauter und lasziver stöhnte, beugte er sich zu ihr vor, küsste ihr Ohrläppchen und flüsterte ihr zu: „Was ist besser? Hand oder Zunge?"

„Zunge.", antwortete sie leise. Laura hatte die ganze Zeit über die Augen geschlossen gehalten. Denn Salvatore hatte ihr schließlich nicht erlaubt, sie aufzuschlagen. Oder ihn anzusehen. Aber sie war überglücklich, dass er ihr abermals die quälenden Schmerzen nahm, die sie immer intensiver zwischen ihren Schenkeln spürte. Wobei es ja die Lust war, die er soeben bei ihr stillte. *Schließlich hatte sie die erste Lektion ja nicht vergessen. Und Salvatore hatte gesagt, dass es die quälende Lust sei, die zwischen ihren Beinen tobte wie ein gewaltiger Sturm.* Da war sie sich ganz sicher. Es kam ihr fast schon so vor, als könne er in den tiefen Abgrund ihrer Lust hineinsehen. Er dirigierte sie. Wie eine Marionette.

*Salvatore Capulet* konnte sich nicht mehr beherrschen. Es war ihm egal, dass man ihn dabei beobachten konnte, während er seine Wollust stillte. Er beugte sich zu ihr herunter und küsste sie wie ein Mann, der die Frau begehrte, die neben ihm saß. *Zärtlich. Leidenschaftlich. Hemmungslos. Wild.* Als er sich wieder aufrichtete, sah er aus den Augenwinkeln heraus, dass einer seiner Männer seinen Blick wie erstarrt auf ihn gerichtet hielt. Er erwiderte dessen vorwurfsvolle Blicke mit einem vernichtenden Blick, bis dieser verlegen wegsah. Salvatore wusste dennoch, dass er schweigen würde. Und zwar würde es niemand wagen, der das hier gerade beobachtet hatte, mit Emilio je darüber zu sprechen. Deshalb zog er Laura ungeniert in seine Arme. Und während er ihr zärtlich durchs Haar fuhr, dachte er darüber nach, was er mit Emilio machen müsse, um sein kleines Täubchen auf ewig behalten zu dürfen. *Mord dürfe jedoch der allerletzte Ausweg sein.* Das war ihm klar. Und während er darüber nachdachte, trieb ihn seine Geilheit erneut dazu, die Kontrolle zu verlieren. Über sich und auch über seine Triebe. *Er benahm sich zweifellos wie ein triebhaftes Tier, das nur seinen wilden Trieben folgte.* Doch diesmal wollte er keine Zeugen, die seine Schandtaten beobachteten, live miterlebten. In diesem erhabenen Augenblick! Er richtete sich deshalb abrupt auf und ging eiligst zu seinen Männern hinüber, die schräg gegenüber von ihm auf den übrigen Sitzen verteilt saßen und sich lautstark miteinander unterhielten. „Wer es wagt, mich jetzt zu stören, dem werde ich die Kehle aufschlitzen; und wer es wagt, mich dabei zu beobachten, die Augen in seinen verdammten Schädel drücken. Ist das klar?", zischte er durch die Zähne. Salvatores Stimme hörte sich eiskalt an. Eiskalt, berechnend und gefährlich. *Seine Männer nickten. Verstanden sofort, was Sache war. Schließlich hatten sie ja schon beobachtet, wie er mit bloßen Händen einem Feind mit seinen Daumen die Augen in den Schädel gebohrt hatte. O ja, ihr Boss war wahrlich einer der grausamsten Männer, die sie je gesehen hatten.* Nachdem Salvatore seine Drohung ausgesprochen hatte, kehrte er ihnen wieder den Rücken zu und ging zu dem kleinen Täubchen zurück. Er ließ sich diesmal jedoch nicht neben ihr nieder, sondern kniete sich vor ihr nieder wie ein edler Ritter, packte ihre Beine mit seinen groben, großen Händen, spreizte sie und griff nach dem Saum ihres Kleides. Er betrachtete sie wie ein ausgehungerter Wolf und zog ihr dabei den Stoff über die Schenkel. „Lass deine Augen weiterhin geschlossen, kleines Täubchen.", befahl er ihr, als er sah, dass sie sie aufschlagen wollte. *Blinzelte.* „Ich gebe dir jetzt das, was dir besser gefallen hat." Mit Inbrunst leckte und saugte er nun an ihr, um ihr zu zeigen, wie sehr er bemüht war, sich um sie zu kümmern wie ein guter Arzt um den Patienten. Als die wilden Triebe erneut in ihm tobten wie ein Orkan, zog er sie blitzschnell zu sich herunter auf den Boden und befahl ihr, sich wie eine läufige Hündin vor ihm niederzuknien und dabei den Kopf wie eine gehorsame Sklavin tief über dem Boden geneigt zu halten. Er stellte sich kniend hinter ihr auf, zog vorsichtig den Analplug aus ihrem Hintern heraus und führte seinen Zeigefinger stattdessen in sie ein. „Wie gefällt dir das, kleines Täubchen?", knurrte er. Er sah sie nicken. Hörte sie stöhnen. Sah auch, dass sie ihren Unterleib bewegte wie eine Hure, die gefickt werden wollte. *Genau in diesem Augenblick.* Seine Triebe übernahmen fortan die Führung. Er riss den Reißverschluss seiner Anzughose herunter. *Dass er ihn nicht gleich auch noch abgerissen hatte, war bei seiner enormen Gier ein wahres Wunder!* Als sein harter Schwanz die Pobacken des Mädchens streifte, griff er danach und führte ihn binnen Sekunden bis zum Anschlag in sie ein. *Ohne zu zögern. Ohne auf sein Gewissen zu hören. Ohne sich von der Anwesenheit seiner Männer einschüchtern zu lassen.* Er konnte diese aufwühlenden Gefühle kaum beschreiben, die durch sein Herz rauschten wie ein Wirbelwind. Sie trieben ihn dazu, sie zu ficken. Hart. Seine Stöße wurden immer härter. Ihr laszives Stöhnen immer lauter, bis ihre Lustschreie durch die ganze Kabine des Jets fegten wie ein gewaltiger Orkan. Ein Tornado, der alles hinfortfegte, was vorher eine Bedeutung für ihn hatte. Und in diesem Moment beschloss er, seinen Neffen töten zu lassen, damit er NIEMALS wieder aus England zurückkehrte, um seine Ansprüche auf Laura geltend zu machen. *Wie ein brünstiges, wildes Raubtier fickte er nun das Mädchen, das ihn ganz, ganz langsam um seinen Verstand gebracht hatte.* Bis er plötzlich einen Fuß im Rücken spürte, der ihn mit voller Wucht zu Boden stieß. Vollkommen irritiert über diesen Angriff, mit dem er nicht im Entferntesten gerechnet hatte, richtete er sich wieder auf, bis er auf allen vieren vor Laura kniete wie ein verwundeter Wolf, der denjenigen mit seinen gewaltigen Reißzähnen zerfleischen würde, der ihm das gerade angetan hatte. Er warf sofort seinen Blick über die Schulter, sah hinter sich. *Wer von diesen Bastarden hatte es gewagt, ihn so niederträchtig zu behandeln? Ihn zu stören? Davon abzuhalten, das kleine Täubchen durchzuficken wie ein König?* Als er jedoch sah, wer tatsächlich hinter ihm stand und seine 9mm auf ihn gerichtet hielt, da erstarrte sein Blut in den Adern zu Eis. „Es ist nicht das, wonach es aussieht…", stammelte er wie ein Vollidiot. Fletschte dennoch dabei die Zähne. Versuchte seine beschissene Position zu verbessern, indem er die Unschuld wie ein mit Dreck und Morast verschmutztes Leinentuch über sein schönes Gesicht legte, um sich dahinter zu verstecken. Aus Scham, ja. Aber nicht aus Reue. Doch *Emilio Capulet*, der mit gezogener Waffe nun vor ihm stand und ihn mit einem wutverzerrten Gesicht anstarrte, beeindruckten die verlogenen Worte seines Onkels nicht im Geringsten. *Wenn überhaupt, dann nur sehr wenig!* Er betätigte nichtsdestotrotz den Abzug. Salvatore hörte nur noch den Schuss. Einen lauten Knall, der durch den Raum fegte wie ein Tornado. Er fasste sich im nächsten Augenblick an die Brust und spürte das warme Blut, welches ihm über die Finger floss. Binnen Sekunden war seine Brust blutüberströmt. *Gottverflucht! Der Schuss traf ihn scheinbar tödlich. Er fühlte das ganz deutlich. Der Schmerz war kaum zu ertragen.* Sein Neffe hatte ihn soeben erschossen. Er war jedoch selbst schuld an diesem ganzen Dilemma. Schuld, dass er es hatte erst soweit kommen lassen. Schuld, dass er die Grenzen überschritten hatte, ohne sich der Konsequenzen und der Tragweite seines Handelns bewusst zu sein. Diese verdrängt hatte. Nicht wahrhaben wollte. Und als ihm all das im Angesicht des Todes schmerzlich bewusst wurde, verdunkelte sich seine Umgebung binnen Sekunden und die Konturen der Kabine des Privatjets, der Sitze, der Umrisse seiner Männer und das schöne Gesicht von *Laura Montague* verschwammen vor seinen Augen. Tödliche Finsternis legte sich über ihn, bis ihn das Nichts der Dunkelheit verschluckte wie ein Schwarzes Loch…

# Bittersüße Wahrheit!

Salvatore schlug die Augen auf.

Er spürte die Schweißperlen auf seiner Stirn. Die enorme Hitze, die ihm am Körper empor kroch, in seinen Gliedern.

Die Schweißausbrüche, die ihn heimsuchten, ließen ihn kaum atmen. Er röchelte. In diesem Augenblick. Er richtete sich vorsichtig auf, da er das Gefühl bekam, jemand hätte ihn regelrecht in den Sitz hineingepresst. Er ließ seine verstohlenen Blicke, die das pure Entsetzen ausdrückten, auf die beiden Männer wandern, die ihm gegenüber saßen und sich leise miteinander unterhielten. Leise deshalb, um ihn nicht zu wecken! Er neigte den Kopf nach rechts und spitzelte mit zugekniffenen Augen zur gegenüberliegenden Seite der Kabine hinüber. *Laura Montague* saß hineingemummelt auf ihrem Sitz. Brav. Gehorsam. Hineingepresst wie ein verängstigtes

Kind. Sie hielt die Augen geschlossen. Ob sie schlief, wusste er nicht. *Bei Gott, solch einen beschissenen Traum hatte er ja noch nie gehabt!* Und wenn er seinen Augen tatsächlich trauen konnte, ihnen wirklich Glauben schenken konnte, dann ist nichts von all dem passiert, was er bis vor wenigen Sekunden glaubte, dass es passiert wäre. Es musste also ein Traum gewesen sein. *Ein beschissener, verdammter Albtraum, der sich verdammt echt angefühlt hatte. So real, dass sich sein Verstand gerade fragte, ob er tatsächlich all diese Dinge, die sich zugetragen hatten, nur geträumt hatte.* Er lehnte sich wieder in den Sitz zurück, sah dabei an sich herab und erfühlte mit den Händen seine Brust. Weder schmerzte sie, noch war sie blutüberströmt. „Wie lange habe ich geschlafen?", fragte er seine Männer, die ihr Gespräch sofort unterbrachen. *„Circa zwei Stunden, Boss.", hörte er einen davon antworten.* „Und Emilios kleines Täubchen? Sitzt sie schon die ganze Zeit über dort drüben?" *Abermals antwortete ihm ein Mann. „Ja, Boss. So wie Sie es auch befohlen hatten, bevor die Maschine in Palermo abgehoben hat.", hörte er ihn wiederum sagen.* „Sie hat sich also nicht wegbewegt? Ihren Sitz nicht verlassen?" Seine Männer schüttelten den Kopf. „Noch nicht mal zu den Toiletten ist sie gegangen?" *„Nein, Boss.", hörte er seinen Mann abermals antworten.* Salvatore fuhr sich nervös und ein bisschen verzweifelt ob des Fehlens seines Verstandes durchs Haar. *Bei Gott, welch beschissener Traum verarschte sein Wahrnehmungsvermögen so gewaltig wie dieser?!* Es hatte sich alles so unglaublich echt angefühlt. So greifbar nah. Dermaßen real, so dass es ihn gewaltig an seinem Verstand zweifeln ließ. Und als ihm das alles klar wurde, da wurde ihm auch so richtig schmerzlich bewusst, dass er sich in seinem Traum in der Tat mehrmals darüber gewundert hatte, Laura nicht nur über die Schultern sehen zu können, als stünde er direkt hinter ihr, sondern auch in ihren Kopf hineinblicken zu vermögen, als könne er mühelos ihre Gedanken lesen. *Ein eiskalter Schauer lief ihm über den Rücken herunter, als ihm das alles so richtig bewusst wurde.* Sein Verstand und seine tiefen Wünsche haben seinen Traum so stark manipuliert, dass er tatsächlich geglaubt hatte, das Mädchen sei so dumm und fühle genau das, was er wollte, dass sie auch fühlte, während er sich an ihr mit dieser List vergangen hatte. *Das war irre. Vollkommen abgefahren!*

Er richtete sich auf, erhob sich vom Sitz und schlenderte in aller Gemütlichkeit und Unschuld, die er aufbringen konnte, da er ja diese Dinge nicht getan hat – *noch nicht* – zu Laura hinüber. Sie schien tatsächlich fest zu schlafen. Ob sie einen Slip trug, konnte er nicht feststellen, als seine Blicke den Saum ihres Kleides streiften und über die Schenkel langsam zu ihrer Scham hochfuhren, die mit dem edlen Stoff ihres Sommerkleidchens bedeckt war. *Logischerweise!* Dann fiel ihm ein, dass der Analplug und die Liebeskugeln, die er Concetta heimlich entwendet hatte, gar nicht in seiner Hosentasche sein konnten, da er sich vollkommen sicher war, er hatte diese beiden Dinge in seinem LOUIS VUITTON Koffer verstaut. Kurz vor der Abfahrt zum Flughafen. Er kehrte Laura wieder den Rücken zu und suchte die Toiletten auf. Er sah sofort, dass Lauras Slip nicht im Waschbecken lag. Wohl auch niemals dort drinnen gelegen war. *Bei Gott! Dieses Mädchen trieb ihn in der Tat an den Rand des Wahnsinns.* Normalerweise müsste er glauben, all dies sei tatsächlich passiert. Aber unter den gegebenen Umständen und so wie die Fakten lagen, konnte es unmöglich sein, dass all das, was er mit dem kleinen Täubchen besprochen hatte und auch getan hat, sich auch tatsächlich so zugetragen hatte, wie es ihm sein Verstand aber versuchte zu suggerieren; kurz vor dem Erwachen. Er betrachtete sein Spiegelbild. *Bei Gott, er sah beschissen aus.* Dann kehrte er dem Spiegel den Rücken zu, um sich den trostlosen Anblick zu ersparen, den er seinem gewaltigen Ego gerade bot, und ließ sich auf seinem Platz wieder nieder. „Wann landen wir in Bogotá?", fragte er mit rauer Stimme. *„Ich frage gleich mal beim Kapitän nach.",* hörte er einen der Männer sagen, der sich sogleich *von seinem Sitz erhob, um ins Cockpit zu gelangen.* Salvatore sah abermals zu Laura hinüber. Sie schlief immer noch. *Gottverflucht! Sie schien die einzige Frau zu sein, die ihn eines schönen Tages um seinen Verstand bringen könnte. Obwohl er diesen niemals verlieren wollte. Es auch in der Vergangenheit niemals eine Frau geschafft* *hatte, was sie scheinbar spielend leicht schaffte. Völlig mühelos! Oder hatte er solche Anwandlungen jemals schon ertragen müssen? Er dachte nach. Nein. Da war er sich ganz sicher. Noch niemals!* Und während er über seinen bitterbösen Traum nachdachte und versuchte, ihn in dessen Einzelteile zu zerpflücken, um ihn besser deuten zu können, glaubte er plötzlich, dass es möglicherweise eine Fügung Gottes war, ihm über diesen Traum den richtigen Weg zu weisen. Völlig unmöglich war es bestimmt nicht, das Mädchen auf diese Art und Weise zu verführen. Es könnte funktionieren. Aber der Traum enthielt auch eine Warnung. Eine eindeutige, klare Botschaft. *Eine wahrlich deutliche Nachricht für sein Gewissen!* Wenn ihn sein Neffe nämlich bei seinem Vorhaben erwischte, dann würde er sein Leben verlieren. Also müsse er auf der Hut sein. Oder aber schneller als Emilio handeln, wenn es zum Zweikampf käme, den er eigentlich ja verhindern wollte. Vermeiden wie ein schlauer König, der seine Untertanen und seine eigene Familie niemals unterschätzte. Doch die tiefe Liebe und auch das starke Verlangen, das er für Laura verspürte und das seine dunklen Wünsche offengelegt hatte wie ein beschissenes Buch, trieb ihn ganz, ganz langsam in die Richtung, die jeder Meuchelmörder einschlug, wenn er eine Entscheidung traf. Deshalb war es zwingend notwendig, seine Vorgehensweise noch einmal zu überdenken und alle Risikofaktoren automatisch zu beseitigen. *Zu eliminieren wie einen Feind!* Unbewusst drehte er seinen Kopf wieder in Lauras Richtung. Er sah, dass sie ihn anstarrte. Nervös fuhr er sich mit den Händen durchs Haar. Starrte zurück. Dann versuchte er freundlich zu lächeln und hob dabei die Hand leicht an. Sie lächelte zurück. Wandte dann aber wieder den Blick von ihm ab. *O mein Gott! Sein ganzer Plan gestaltete sich äußerst schwierig.* Es würde kein leichtes Unterfangen sein, seinen unausgereiften Plan in Kolumbien umzusetzen. Dennoch war sein gefährliches Verlangen dafür verantwortlich, dass er ihn würde umsetzen wollen. Es zumindest zu versuchen.

Und so dachte *Salvatore Capulet* während der restlichen Flugzeit darüber nach, wie er es anstellen könnte, das Mädchen zu verführen und ob ihm – *vor allem aber wie ihm* – sein in Wahnsinn getauchter

Traum dabei behilflich sein könne. Kurz vor der Landung, also noch vor dem direkten Anflug auf Bogotá, erhob er sich und schlenderte zielstrebig auf Laura zu, die inzwischen ja wieder aufgewacht war und jetzt durch die Fenster des Jets starrte, da sie Kolumbien bereits erreicht hatten. Sie betrachtete sicherlich gerade neugierig das Festland. Die Bergketten mit ihren zahlreichen Straßen, die sich wie Schlangen durchs ganze Land schlängelten, waren ein wahrlich grandioser Anblick von hier oben. Er kam sich selbst vor wie ein Gott, der vom Flugzeug aus das ganze Land überblickte, das er gerade überflog. *Das war wahrlich göttlich! Das faszinierte bestimmt jeden.* Vor allem dann, wenn man es noch nie gesehen hatte – *so wie das kleine Täubchen.* Dennoch liebte Salvatore seine Insel Sizilien um einiges mehr als dieses schöne Land hier, über das gerade sein Jet hinwegflog.

*Salvatore Capulet* ließ sich nun auf dem gegenüberliegenden Sitz von Laura nieder und nickte ihr zum Gruß zu, als sie ihren Kopf in seine Richtung drehte. Er fuhr sich mit seiner rechten Hand unbewusst durchs schwarze Haar. Musterte sie dabei eingehend. Atmete schwer. *Das Adrenalin jagte ihm durch die Adern wie ein gewaltiger Sturm.* Das Herz hämmerte in seiner Brust. Der Jagdtrieb war in ihm erwacht. Dennoch beherrschte er sich. *Für den Moment.* Ein verschlagenes Lächeln huschte ihm über die Lippen, als er die Angst in ihren Augen sah. Es war aber nicht nur Angst, sondern auch Bewunderung, die er glaubte, darin zu erkennen. Mit seinen dunklen Augen durchbohrte er ihren unschuldigen Blick. ER war der Jäger. SIE hingegen nur seine Beute. *Ein kleines Täubchen, das keine Fluchtmöglichkeiten mehr hatte.* „Und? Hat er dir gesagt, dass du mir uneingeschränkt und bedingungslos gehorchen musst?"

Sie schluckte. *Nickte.* Konnte seiner Anziehungskraft kaum widerstehen. Versuchte, ihren Blick von ihm abzuwenden. Doch es war wie ein Zwang, der sie dazu drängte, seinen gefährlichen Blicken nicht auszuweichen. „Ja, Sir."

„Gut." Seine Stimme klang rau. *Rau und dunkel.* Allerlei Facetten untermalten deren düsteren Klang. Die Gefahr, die darin aber für das kleine Täubchen – *eine wahre Unschuld* – lauerte, war nicht zu überhören gewesen.

\*\*\*

Der Drogenbaron Alejandro Escobar sitzt in seiner Limousine. Er ist mit seinen Männern unterwegs nach Bogotá, um seinen Blutsbruder vom Flughafen abzuholen.

\*\*\*

Ein paar Meilen entfernt von der Hauptstadt

...

Alejandro ist so in seine Gedanken vertieft, dass ihn das plötzliche Klingeln des iPhones seiner Rechten Hand, dem Russen Alexej Belikow, aufschrecken lässt…

\*\*\*

Die Vereinbarung:

Dient zur Stärkung des Clans Escobar!

Der Vertragspartner:

Kein Geringerer als der japanische Mafiakönig Kim Yamamoto aus Tokio!

Das Geschenk:

# Rose Escobar, Alejandros schöne Cousine!

# Und ein Maulwurf in den eigenen Reihen!

*Alejandro Escobar* sah konzentriert aus dem Wagenfenster seiner Limousine hinaus und betrachtete die wunderschöne Landschaft. Die Berge faszinierten ihn immer wieder aufs Neue, wenn er sie betrachtete. Die tiefen Wolken, die über den Hängen festhingen wie Wattebäusche, und die Bergketten soweit das Auge reichte, waren ein atemberaubender Anblick für ihn. *Ein wahres Wunder der Natur!* Der blaue Himmel, der sich bis zum Horizont erstreckte, legte allerlei Facetten übers Land. In den verschiedensten Farbtönen erstrahlte die Vegetation! Ein sattes Grün lag über dem Land ausgebreitet wie ein Teppich aus edlen Materialien. Die ineinander geschlängelten Straßen, die durch die bergige Landschaft führten und am Horizont vom Fuß des Berges verschluckt wurden, somit ins Nichts verliefen, um im Gebirge zu verschwinden, als hätte sie das Gestein unter sich begraben, vor allem aber die reichhaltige Flora und Fauna Kolumbiens waren ein Anblick für die Götter. O ja, wie eine Schlange schlängelte sich die Landstraße durch das  Gebiet, das er so sehr liebte und durch welches gerade seine Limousine mit Höchstgeschwindigkeit fuhr. Seine Heimat! *Alejandro liebte sein Land, auch wenn es die Europäer und der Rest der Welt noch für relativ unterentwickelt hielten.* Unterentwickelt und roh in seiner Struktur. Aber er würde ihnen allen zeigen, wie schön sein Land tatsächlich war. Dass es sich im Aufschwung befand, war zum Großteil ihm zu verdanken. Er war mit Sicherheit dafür verantwortlich, dass die Wirtschaft aufblühte. Florierte. Wie ein edles Blumengeschäft! *Und dann fiel ihm plötzlich wieder das erdrückende Gespräch mit Rose ein, das er mit ihr geführt hatte, bevor er zum Flughafen aufgebrochen war, um Salvatore abzuholen.* Eigentlich hatte er ja mit dieser Reaktion gerechnet, als er ihr seine Pläne unterbreitet hatte. Natürlich hatte er gewusst, dass Rose nicht auf dem Tisch tanzen würde, wenn er ihr offenbarte, sie müsse den Mafiakönig der Japaner – *den mächtigsten Mann der Yakuza* – heiraten, um das Bündnis zwischen ihren beiden Clans zu besiegeln. Er hatte Rose immer für vernünftig, willensstrak und unzerstörbar gehalten. Eine starke Frau, gefangen in einem Mädchenkörper. *Sie war definitiv reifer als alle anderen Mädchen in diesem zarten Alter von gerade mal zwanzig Jahren; worauf er ja immer stolz gewesen ist.* Doch als er sie in Tränen ausbrechen sah wie ein kleines Mädchen, spürte er einen Stich in der Brust. Das hatte ihn tatsächlich berührt. Ihm war klar, dass er viel von ihr verlangte. Aber auch ER wäre dazu bereit gewesen, wenn es für alle von Nutzen wäre und auch zum Wohle der ganzen Familie diente. Dennoch ließ er sie in dem Glauben, sich selbst entscheiden zu können, seinem Wunsch zu folgen, obwohl er genau wusste, dass es kein Entkommen gab und er auch keinen Widerspruch respektieren würde. Weder respektieren noch akzeptieren. Das dürfe er nicht. Auch lag es in seiner Natur, Widersprüche niemals zu dulden – Ausnahmen gab es nur sehr wenige. *Aber immerhin kamen sie gelegentlich vor.* Er war zumindest kein Diktator aus Leidenschaft, der über den Familienclan Escobar mit eiserner Hand herrschte. Manchmal ließ er einem Familienmitglied auch seinen Willen und suchte nach einer anderen Lösung. Aber diesmal ging es nicht. Er hatte ohne sie eine Entscheidung getroffen. *Sie musste den Tribut bezahlen! Ohne Widerrede!* Trotzdem fühlte er sich besser, ihr eine Bedenkzeit von 48 Stunden gegeben zu haben. *Dadurch erleichterte er sein Gewissen erheblich; denn ohne lügen zu müssen, liebte er seine Cousine sehr.* Doch wenn die Pflicht rief, musste jeder aus seiner

Familie seinen Dienst dazu beitragen und Opfer bringen. Und *Rose Escobar* hatte er nun mal dem Japaner *Kim Yamamoto* versprochen. Nachdem der Japaner seinen Teil der Vereinbarung schon längst erfüllt hatte, war es nun an der Zeit, Rose darüber aufzuklären, was ihr Teil der Vereinbarung ist, um den *Escobar Clan* zu stärken. Und bei Gott, es war ihm nicht leicht gefallen, seine Cousine ans Messer liefern zu müssen. Wobei ihm *Kim Yamamoto* ja versichert hatte, seine Cousine gut zu behandeln, sofern sie ihm den nötigen Respekt entgegenbrachte. *Nun gut, da musste sie durch. Und er auch.* Vielleicht gab es ja eine andere Lösung, zischte seine innere Stimme, die von seinem Herzen gelenkt wurde; doch diese Stimme wurde sofort brüsk durch seine Vernunftstimme unterbrochen. *Nein. Es gab keine andere Wahl.* Er hatte *Kim Yamamoto* und dem *Yakuza Clan* bereits sein Wort gegeben. Wenn er kein Unglück heraufbeschwören wollte, dann musste Rose die Ehe mit diesem Japaner eingehen, den er einst bekämpft hatte, weil sein Clan zu seinen erbittertsten Feinden gehört hat. Aber Rose war eine vernünftige Frau. *Vernünftig und intelligent.* Und sie hatte die Fähigkeit, alles aus einer globalen Perspektive heraus zu betrachten. *Sie hatte quasi kein Brett vorm Kopf!* Das würde ihr das Überleben in Japan sicherlich garantieren. Natürlich würde er sie rächen, wenn der Japaner nicht sein Wort hielt und seiner Cousine einen Schaden zufügte. Oder sie leiden ließ. Aber er wusste auch, dass er sie dem Löwen zum Fraß vorwarf. Vorwerfen musste! Sie würde sich sicherlich für das Richtige entscheiden und sich seinem Befehl fügen, wenn er sie in zwei Tagen fragte, ob sie die Verbindung, die er bereits arrangiert hatte, eingehen möchte. Und während Alejandro über Rose und über das Bündnis mit den Japanern nachdachte und gleichzeitig auch seinen in die Landschaft versunkenen Blick über die Bäume, Palmen und Sträucher schweifen ließ, an denen sie gerade mit rasender Geschwindigkeit vorbeifuhren, da fuhr er sich mit seiner rechten Hand unbewusst durchs dunkelblonde Haar. Eigentlich war er ja ein Phänomen der *Escobar Familie.* Ausgenommen alle hatten schwarzes Haar und dunkelbraune Augen. Nur ER, er hatte dunkelblondes Haar und grüne Augen, die manchmal so funkelten wie Smaragde, wenn das Licht sie sanft streifte. Ein Lächeln huschte ihm übers Gesicht, als er an die Worte seiner kleinen Cousine dachte. Vor einiger Zeit hatte sie ihm gesagt, er sähe ein bisschen so aus wie dieser *Schauspieler Charlie Hunnam,* den sie vor einiger Zeit im Kino gesehen hatte. Sie war von KING ARTHUR begeistert gewesen, sofern der Film tatsächlich diesen Titel trug. Er wusste es nicht mehr genau, denn er interessierte sich nicht für Filme, war selbst schon seit Jahren nicht mehr im Kino gewesen. Dennoch fühlte er sich geschmeichelt, als er im Internet über Google recherchiert hatte, wer dieser *Charlie Hunnam* überhaupt sein sollte, mit dem ihn Rose so charmant verglichen hat. Na ja, er war sehr beliebt aufgrund seiner Schönheit und seiner schauspielerischen Fähigkeiten. Hatte enorm viele Fans. Viele Verehrerinnen. *Und mit DEM hatte sie ihn also verglichen.* Das hatte ihm irgendwie imponiert. Auf gewisse Art und Weise sogar geschmeichelt. Und während er so darüber nachdachte und ihm ein dezentes Lächeln über die Lippen huschte, schreckte ihn der Klingelton des iPhones seiner *Rechten Hand* regelrecht auf. Er zuckte kaum merklich zusammen und richtete seinen Blick sofort auf den Russen *Alexej Belikow,* der ihm gegenüber saß und gerade sein Smartphone aus der Innentasche seines schwarzen Anzugs herausfischte. Alexej war seine *Rechte Hand* und ein Mann, dem er blind vertraute. Genau solche Männer brauchte er. Er schätzte Belikow sehr. Seine Loyalität war grenzenlos. Sein Einsatz bemerkenswert. Lobenswert auch seine intuitiven Ratschläge, die er ihm gab. Sein Denkvermögen war in der Tat auf Unvorbereitetes immer gut vorbereitet. Er war intelligent, hatte ein photografisches Gedächtnis und auch ein großes Talent dafür, eine missliche Lage sofort richtig einzuschätzen, um sie zu meistern. Seine Kraft und Ausdauer waren unverkennbar. Irgendwie schien ihm dieser bärenstarke Russe wie ein unzerstörbarer Roboter zu sein. Er war stark. Verlor kaum einen Kampf. Und war irgendwie nicht totzukriegen. Vor einigen Monaten hatte er eine Kugel abgefangen, die eigentlich ihm gegolten hatte, dennoch saß ihm *Alexej Belikow* genau jetzt gegenüber und erfreute sich bester Gesundheit.

Niemand hatte damals vermutet, dass er den Schuss überleben würde. Aber Belikow hatte ihn allen gezeigt, dass er nicht bereit war zu sterben. Wahrscheinlich war auch seine kleine Rose ein bisschen dafür mit verantwortlich gewesen, dass er schnell wieder gesund geworden ist, weil sie sich in dieser Zeit rührend um ihren verwundeten Patienten gekümmert hat und ihn medizinisch versorgt hatte. Belikow hatte ihm durch dieses selbstlose Handeln aber seine uneingeschränkte Loyalität bewiesen. In der Tat! Und seither war er seine *Rechte Hand*, denn mit ihm an seiner Seite fühlte er sich sicher. Sicher und stark! Vor allem aber mächtig. *Mächtig und unzerstörbar!* Und Alejandro belohnte die Männer, die ihm treu ergeben dienten. Ihm folgten. Bis in den Tod hinein. Ihn vor allem aber davon abhielten, selbst über den Jordan zu gehen. Und er vertraute seiner *Rechten Hand,* die ihm bedingungslosen und unwiderruflichen Gehorsam geschworen hat, als er sie dazu ernannt hatte.

*Alexej Belikow* fuhr sich mit der linken Hand durch sein schwarzes Haar und fischte mit der anderen das iPhone aus der Innentasche seines Anzugs. Er sah sofort, wer gerade versuchte, ihn zu erreichen. Beziehungsweise ja seinen Boss. Denn kein Anruf kam an ihm vorbei. Auf Alejandros iPhone konnten ihn nämlich nur seine engsten Familienmitglieder erreichen. Und natürlich auch *Salvatore Capulet,* der beste Freund seines Bosses. Sowie auch *Emilio Capulet, der wie ein Neffe für ihn war.* Alle anderen bekamen von Alejandro immer nur SEINE Nummer, so dass sie nur über ihn den mächtigen Drogenbaron telefonisch erreichen konnten. Alexej sah Alejandro in die Augen, nachdem er erkannte, wer ihn da gerade versuchte zu erreichen. „Es ist Mister Yamamoto. Wollen Sie ihn sprechen, Sir?", fragte er seinen Boss.

Alejandro schnaufte. Mit einem Anruf hatte er bereits gerechnet. Natürlich nicht heute. Aber sicherlich in den nächsten Tagen. „Ja. Gib ihn mir.", erwiderte er. *Er sollte es hinter sich bringen, schoss es ihm durch den Kopf.*

Alexej nahm das Gespräch an. „Guten Tag, Mister Yamamoto. Ja. Er sitzt mir gegenüber. Einen Moment bitte." Er reichte Alejandro sein Smartphone.

Alejandro griff nach dem iPhone. „Hallo, Kim. Wie schön, dass Sie anrufen... aber natürlich halte ich mich daran. Soeben habe ich mit ihr gesprochen. Sie freut sich sehr über unser getroffenes Arrangement... nein, es ist nicht nötig, dass Ihre Leute sie holen. Sie wird mit meinem Privatjet nach Tokio fliegen... übermorgen... hören Sie, Kim, ich bin gerade auf dem Weg zum Flughafen, um einen guten Freund abzuholen. Ich rufe Sie heute Abend zurück, dann können wir alle Einzelheiten hinsichtlich der geplanten Hochzeit besprechen. Ist das in Ordnung für Sie?... gut. Bis später." Er beendete das Gespräch und reichte das iPhone wieder seiner *Rechten Hand.*

Alexej hatte zwar versucht, dem Gespräch zu folgen und aus den Gesprächsfetzen einen sinnvollen Text herauszufiltern, aber die Worte seines Bosses ergaben nicht wirklich einen Sinn für ihn. *Scheinbar schmiedete er für irgendjemanden Heiratspläne.* Dennoch fragte er nicht nach. Denn oberstes Gebot des *Escobar Clans* war es, nichts zu hinterfragen, um nicht neugierig zu erscheinen. Er wusste, dass ihn Alejandro aufklärte, wenn er es für richtig hielt. Wenn die Zeit gekommen wäre, ihn darüber zu informieren. Er wusste aber auch, dass Alejandro nichts mehr verabscheute als neugierige Menschen. Für ihn waren solche Leute nur beschissene Maulwürfe! Er verstaute deshalb sein iPhone wieder in der Innentasche seines Anzugs, ohne *Alejandro Escobar* über das Gespräch auszuhorchen. *Weder auszuhorchen noch auszufragen. Schließlich war ER tatsächlich ein Maulwurf, der vor ungefähr einem Jahr in das Syndikat Escobar eingeschleust wurde!* Und um nicht aufzufliegen oder seine Tarnung zu verlieren, durfte ihm natürlich auch kein solch gravierender Fehler unterlaufen. Nicht jeder war zwangsläufig ein Maulwurf, nur weil er Fragen stellte; das ist schon richtig – aber um nicht das Saatkorn Misstrauen zu säen, tat er nichts, was den mächtigen Drogenbaron Kolumbiens ihm gegenüber misstrauisch gemacht hätte. Er brauchte quasi eine fehlerlose, weiße

Weste. Denn passierte ihm nur ein einziger Fehler, wenn auch nur ein klitzekleiner, könnte das für immer das Aus für ihn bedeuten. Ein Aus, das mit seinem Tod endete. *Zweifellos!* Als Special Agent beziehungsweise Undercover Agent der Eliteeinheit BLUE BLOOD wurde er vom Mentor der Eliteeinheit BLACK PANTHER in den Untergrund eingeschleust, worauf er nach einigen Wochen schon den Kontakt zu *Alejandro Escobar* hergestellt hatte. Die Eliteeinheit BLUE BLOOD bestand nur aus Royals, weshalb *Alexej Belikow* auch nur einer seiner zahlreichen, bürgerlichen Decknamen war, die er bei Undercover Missionen verwendete. In Wahrheit war er nämlich ein russischer Fürst, dessen richtiger Name streng geheim gehalten werden musste. Alexej hatte sich jedoch in der Zwischenzeit schon so an seinen Decknamen gewöhnt, dass er in seiner Rolle als *Rechte Hand* von *Alejandro Escobar* richtiggehend aufging. Ein großer Pluspunkt für ihn war natürlich der mit einem Rotstift im Kalender eingetragene Tag, als er den Drogenbaron vor einigen Monaten gerettet hatte, bei dem er selbst beinahe draufgegangen wäre. Dennoch hätte er sich immer wieder vor Alejandro geworfen, um dadurch sein uneingeschränktes Vertrauen zu gewinnen, weil er ihm durch sein selbstloses Verhalten das Leben rettete. Diese Mission war zu wichtig, um nicht alles zu riskieren, was erforderlich gewesen wäre. Dummerweise hatte er sich während dieser Zeit, als er sich von seiner Schusswunde erholt hatte, verliebt. Etwas, was nicht geplant gewesen war. Auch etwas, was niemals hätte geschehen dürfen. Und was auch *Paul Rodríguez, der Mentor der BLACK PANTHER* nicht wusste. Nicht wissen durfte, weil er sicherlich glaubte, er könne dadurch seine Mission gefährden. Er würde es sicherlich nicht gut heißen. Doch Alexej hatte alles im Griff. Auch die Liebe, die ihn ganz unvermittelt getroffen hatte und die er in seinen Plan einfach geschickt mit eingebaut hat, um sie nebenher laufen zu lassen.

*Alejandro Escobar* hingegen überlegte im selben Moment, ob er seine *Rechte Hand* jetzt schon aufklären sollte. Er hatte zwar Rose eine Bedenkzeit von zwei Tagen gegeben, um ihr dadurch entgegenzukommen und ihr das Gefühl zu geben, selbst diese

Entscheidung getroffen zu haben, die er beschlossen hatte, aber eine andere Wahl hatte sie ohnehin nicht mehr. Es war ein unwiderruflicher Fakt, was er mit *Kim Yamamoto* vereinbart hat. Also könne er jetzt beruhigt seine *Rechte Hand* aufklären, die er bis dato noch im Ungewissen gelassen hatte. Manche Dinge müsse man eben selbst regeln; und auch selbst in die Hand nehmen. *Und genau das hatte er getan, schoss es ihm durch den Kopf.* „Ich habe Rose diesem Japaner versprochen. In zwei Tagen wirst du sie zu ihm bringen. Rose weiß bereits Bescheid und hat meinen Plänen zugestimmt."

Alexej nickte nur. Sagte nichts. Zu mehr war er in diesem vernichtenden Augenblick nämlich nicht fähig. Er hatte es irgendwie gerade noch so geschafft, seine Beherrschung nicht zu verlieren. Geschafft, so gut wie möglich locker zu bleiben. Alejandro keinen Grund zu geben, misstrauisch zu werden. Oder aufzuhorchen. Aber innerlich hatte ihn diese Nachricht zerstört. Sein Herz in Tausend Teile zerrissen. Zersplittert, wie einen zerbrochenen Spiegel. *Rose Escobar* und er waren bereits seit einigen Monaten ein Liebespaar. Ihre Liaison hatten sie allen verheimlicht, vor allem aber *Alejandro Escobar,* der sich um seine Cousine kümmerte wie ein großer Bruder, nachdem Rose bei einem hinterhältigen Angriff eines verfeindeten Clans ihre ganze Familie verloren hatte. Alexej hatte gewusst, dass ihm Alejandro die Hand seiner Cousine nicht ohne Weiteres geben würde, wenn er sich nicht vor ihm beweisen könnte. Er ihn nicht für fähig hielte, ein ehrenvolles Familienmitglied des *Escobar Clans* zu werden. Wenn er ihn nicht für geeignet hielte, obwohl er ihm ja genaugenommen schon einmal das Leben gerettet hatte. Er wollte jedoch seine derzeitige Position und sein Ass im Ärmel nicht bei Alejandro ausspielen. Sein Vertrauen *weder ausnutzen noch die ganze Situation überspitzen!* Er wollte ihm zuerst beweisen, dass er sich um Rose kümmern konnte wie ein eingefleischter Escobar! Und er ihre Hand nur deshalb bekam, weil ER ein guter Mann war wie auch alle anderen übrigen Familienmitglieder des *Escobar Clans;* und nicht, weil er seinem Boss ein einziges Mal das Leben gerettet hatte – was für ihn ohnehin selbstverständlich gewesen ist, weil es zu seinen Pflichten gehörte, den Mafiakönig zu beschützen und sein Vertrauen zu gewinnen. Deshalb hatte Alexej auf den richtigen Augenblick gewartet, um bei Alejandro um Rose' Hand anzuhalten. Und er selbst hatte sich den 8. November als Termin gesetzt. Rose hätte zu diesem Zeitpunkt das einundzwanzigste Lebensjahr erreicht und Alejandro hätte dann bestimmt seine Bitte nicht aufgrund ihrer Jugend und ihres zarten Alters ablehnen können. Deshalb wollte er warten, bis Rose auch vor dem Gesetz als volljährig galt und als eigenständige Person eingestuft wurde, die selbst über ihr Schicksal entscheiden könne. Obwohl ihm in seinem tiefsten Inneren vollkommen bewusst war, dass Alejandro es niemals zulassen würde, dass ein Familienmitglied sich vom *Escobar Clan* abspaltete *und es somit schon an Utopie grenzte, daran zu glauben, es könne funktionieren.* Auch glaubte Alexej, dass er bis dahin seinem Boss bestimmt ausreichend bewiesen hätte, dass seine Loyalität allein dem *Escobar Clan* galt. Er wusste nicht, ob ihm Alejandro die Erlaubnis gegeben hätte, Rose zu heiraten. Aber er wollte es zumindest versuchen. Und nur nach einem eventuellen Scheitern seiner Pläne über andere Wege nachdenken, indem er zum Beispiel den Mentor der BLACK PANTHER um Hilfe bat. Ihm hätte er seine Hochzeitspläne damit begründet, dass er dadurch noch tiefer in die Machenschaften des Clans eintauchen könne. Er war sich sicher, *Paul Rodríguez* hätte seine Entscheidung befürwortet, auch wenn er ihn vorsorglich nicht über seine Liaison mit der Mafiaprinzessin Escobar aufklärte, um nicht den Befehl zu erhalten, diese Liebesbeziehung aufzulösen und abrupt zu beenden. In Wahrheit suchte Alexej aber nur nach einem plausiblen Grund, um die Heirat mit der kolumbianischen Mafiaprinzessin zu rechtfertigen. *Er vergötterte Rose Escobar.* Er hatte noch niemanden so sehr geliebt, wie dieses junge Mädchen, das ihm schon vor Monaten den Kopf verdreht hatte, obwohl er genau wusste, dass sich er und auch alle anderen Männer seines Bosses von ihr hätten fernhalten müssen. *Gottverflucht!* Das war bestimmt Gottes Strafe, schoss es ihm durch den Kopf. *Alexej Belikow* stürzte in diesem Moment in einen tiefen Abgrund. Denn es gab für ihn nur drei Möglichkeiten: Entweder bekam er die Zustimmung von Alejandro, dessen Cousine heiraten zu dürfen, oder seine Einheit verhalf *Rose Escobar* zur Flucht, um sie ins Zeugenschutzprogramm aufzunehmen und mit einer neuen Identität an einem sicheren Ort unterzubringen, oder aber er würde dem *Escobar Clan* als Maulwurf den Rücken kehren müssen, um sich selbst um das Problem zu kümmern; doch die dritte Lösung war die letzte Möglichkeit, die er in Betracht ziehen würde. Ihm war klar, dass durch einen plötzlichen Rückzug seinerseits der *Drogenbaron Escobar* spielend leicht herausfinden könnte, dass er ein Maulwurf gewesen ist. Und das wäre Hochverrat in den Augen seines Bosses. Er wäre dann an keinem Ort mehr sicher; müsste sich und Rose der ständigen Gefahr aussetzen, entlarvt zu werden. Aufgespürt von seinem größten Feind. Einem Feind, den er selbst geschaffen hat. *So ein Bullshit!* Alexejs Gehirn ratterte auf Hochtouren; denn er befürchtete, dass er die Zustimmung zur Heirat jetzt bestimmt nicht mehr bekäme. Denn Alejandro hielt sich immer an sein Wort. Und scheinbar hatte er dem Japaner sein Wort gegeben. Also fiel die erste Möglichkeit schon mal weg. WELCH. KATASTROPHE.

*Alejandro Escobar* war natürlich nicht aufgefallen, welche aufwühlenden Gefühle gerade durch *Alexej Belikow* strömten und welcher Orkan gerade durch dessen Bewusstsein fegte und nur Chaos, Verwüstung und Zerstörung hinterließ; denn er wirkte auf ihn so gelassen wie jeden Tag. „Wir besprechen alles Weitere später in meinem Arbeitszimmer, wenn ich Kim Yamamoto zurückrufe." Dann drehte er den Kopf wieder nach links und beobachtete durchs Fenster den bunten Trubel auf den Straßen, an welchem sie gerade vorbeifuhren, da sie die ersten Vororte bereits erreicht hatten, um sie zu passieren.

„Ja, Sir.", flüsterte Alexej. Er befürchtete, dass ihm seine Stimme wegbrach, wenn er lauter spräche. Bei Gott, er müsse das alles verhindern, schrie seine innere Stimme entsetzt und fuhr ihm wie ein gewaltiger Sturm durch sein Bewusstsein. *Er hatte Angst. Furchtbare Angst, Rose zu verlieren. Und das schon in zwei Tagen!*

„Wir sind bald da.", murmelte Alejandro. Er versuchte, sich jetzt nicht mehr auf Rose zu konzentrieren, sondern auf den Besuch seines Freundes. Und Salvatore war für ihn nicht nur ein Freund, sondern ein Bruder, den er nie hatte. *Ein Bruder, den er über alles liebte.*

Und so fuhr die Limousine auf Kolumbiens Landstraßen dem Sonnenuntergang entgegen. Und in ihr saßen zwei mächtige Männer, auch wenn einer davon nicht das war, was er vorgab. Und diese beiden Männer zogen in diesem Moment nicht mehr am selben Strang. Definitiv nicht! Denn unmöglich konnte es *Alexej Belikow* zulassen, dass man ihm das nahm, was er liebte.

Und er hatte *Rose Escobar* bei seinem Leben geschworen, dass sich ihre Wege niemals wieder trennten und er ihr bis ans Ende der Welt folgte.

Sogar in den Tod hinein.

*Sie war das, wofür es sich zu leben lohnte.*

*Halleluja!*


*Fortsetzung folgt...* **mit dem 3. Teil, der unter folgendem Titel im Spätsommer 2020 erscheint bzw. erschienen ist:**

**\* Russian Mafia KILLERS: entführt 3**

## Informationen zur

## Serie RUSSIAN MAFIA KILLERS

Wer jetzt mehr über die Mafiosi des russischen Syndikats Sorokin beziehungsweise des Mafia Clans KILLERS erfahren möchte, kann sofort mit dem Lesen der drei Folgebände „Russian Mafia KILLERS" beginnen, um in die Welt des Russischen Syndikats KILLERS einzutauchen.

Die Kindle eBooks wurden in folgender Reihenfolge veröffentlicht:

1.     Russian Mafia KILLERS: Maximilian – Der Russe
2.     Russian Mafia KILLERS: Maximilian – Der Russe 2
3.     Russian Mafia KILLERS: Stephan – Fürst der Finsternis

Alle drei Folgebände wurden in dem Sammelband „Russian Mafia WHITE PRINCESS: Spiel nie mit einem Killer!" zusammengefasst.

Russian Mafia KILLERS: Verbotene Liebe (Dark Mafia Romance)

Ohne Vorkenntnisse lesbar!

VÖ: bereits erschienen!

Russian Mafia KILLERS: Maximilian – Prinz der Bratwa! (KISS OF
THE DARK PRINCE)
Ohne Vorkenntnisse lesbar!
VÖ: bereits erschienen!

Russian Mafia KILLERS: Maximilian – Prinz der Bratwa! (GAME OF
THE DARK PRINCE)
VÖ: bereits erschienen!

Russian Mafia KILLERS: Maximilian – Prinz der Bratwa! (CROWN OF
THE DARK PRINCE)
VÖ: Sommer/Winter 2020

Reihenfolge beim Lesen von
„Russian Mafia KILLERS: Maximilian – Prinz der Bratwa!:
* KISS OF THE DARK PRINCE
* GAME OF THE DARK PRINCE
* CROWN OF THE DARK PRINCE

Der Klappentext „Russian Mafia KILLERS: Maximilian – Prinz der
Bratwa!" bezieht sich auf KISS, GAME und CROWN!

Russian Mafia KILLERS: entführt

Ohne Vorkenntnisse lesbar!

VÖ: 1.3.2020

Der zweite Folgeband ist bereits erschienen!


Russian Mafia KILLERS: Feuer & Eis

Ohne Vorkenntnisse lesbar!

VÖ: 1.6.2020


Wünsche allen Leserinnen und Lesern viel Spaß mit meinen

russischen, sizilianischen und kolumbianischen Mafiosi.


Die Klappentexte der noch nicht veröffentlichten Bücher aus der

RUSSIAN MAFIA KILLERS Serie findet man am Ende des Buches!

*„Russian Mafia KILLERS: Maximilian – Der Russe"*

*Im Irrgarten*

*Verwundert sah sie ihn an. Sie hatte nicht erwartet, dass er plötzlich hinter ihr stehen würde. In seinem Blick konnte sie ein Verlangen entdecken, das ihr den Schauer über den Rücken jagte.* [...]

„Ach tatsächlich? Du bist also kein kleines Mädchen mehr?", erwiderte Maximilian. Immer noch lachend. Scarlett war zwar erst achtzehn, aber er wurde das Gefühl nicht los, dass sie genau wusste, was sie tat. Sie brachte ihn um den Verstand. Und das spürte er ganz deutlich. „Abgesehen davon möchte dein Vater bestimmt nicht, dass wir beide im Billardraum eine Partie Billard miteinander spielen. Er könnte das vielleicht missverstehen..."

„Hast du etwa Angst vor ihm?", fiel sie ihm ins Wort.

Maximilian ging die letzten beiden Schritte auf sie zu. Kesselte sie mit seinen Armen an der Statue ein. Beugte sich zu ihr herunter. Flüsterte in ihr Ohr: „Ich habe vor niemandem Angst."

Scarlett lief ein Schauer der Erregung über den Rücken, als sie Maximilians warmen Atem auf ihrer Haut spürte. Es kam ihr ja fast schon so vor, als würde er sie zärtlich mit seinen Händen berühren. Mit den Fingern an ihrem Hals entlang bis hinunter zu ihrem Bauchnabel streichen. Ihr Unterleib zog sich augenblicklich fest zusammen. *Sie fühlte die Erregung sogar bis in die Fingerspitzen hinein.* „Dann bring es mir bei. Denn ansonsten erfährst du nie, weshalb wir uns immer rein zufällig getroffen haben." Sie spürte erneut einen Atemzug, als Maximilian leise in sich hineinlachte. [...] *Sie sehnte sich danach, von diesem Mann berührt zu werden. Geküsst, wie nur eine Frau geküsst werden wollte, die von dem Mann begehrt wurde, der sie so einkesselte, wie es dieser Mann hier gerade tat.*

[...]

„Also hast du doch Angst. Oder?", sagte sie.

Maximilian hörte wieder auf zu lachen. „Wenn du mich das noch einmal fragst, dann muss ich dir wohl deinen Hintern versohlen wie einer kleinen Göre, die nicht begreifen will, was man ihr sagt. ICH. HABE. KEINE. ANGST. Verstehst du? Zwing mich nicht dazu, dir deinen kleinen Popo zu verhauen, so wie ich es grundsätzlich mache, wenn mir kleine Mädchen Angst unterstellen. Angst, die ich aber nicht habe." *O ja, Maximilians Stimme klang rau. Rau und dunkel, während er Scarlett seine Drohung leise ins Ohr flüsterte.*

„Ich habe keine Angst vor dir, Maxim.", sagte sie leise.

„Das solltest du aber. Viele Menschen haben Angst vor mir. Und die sind alle älter als du. Also schon erwachsen." Er lächelte. Doch sein Lächeln erreichte nicht seine Augen…

**ENDE der Leseprobe!**

Das Kindle eBook „Russian Mafia KILLERS: Maximilian – Prinz der Bratwa! (KISS OF THE DARK PRINCE)" ist bereits am 1.12.2019 erschienen. Der Klappentext wurde bereits am 4.9.2019 auf Amazon veröffentlicht.

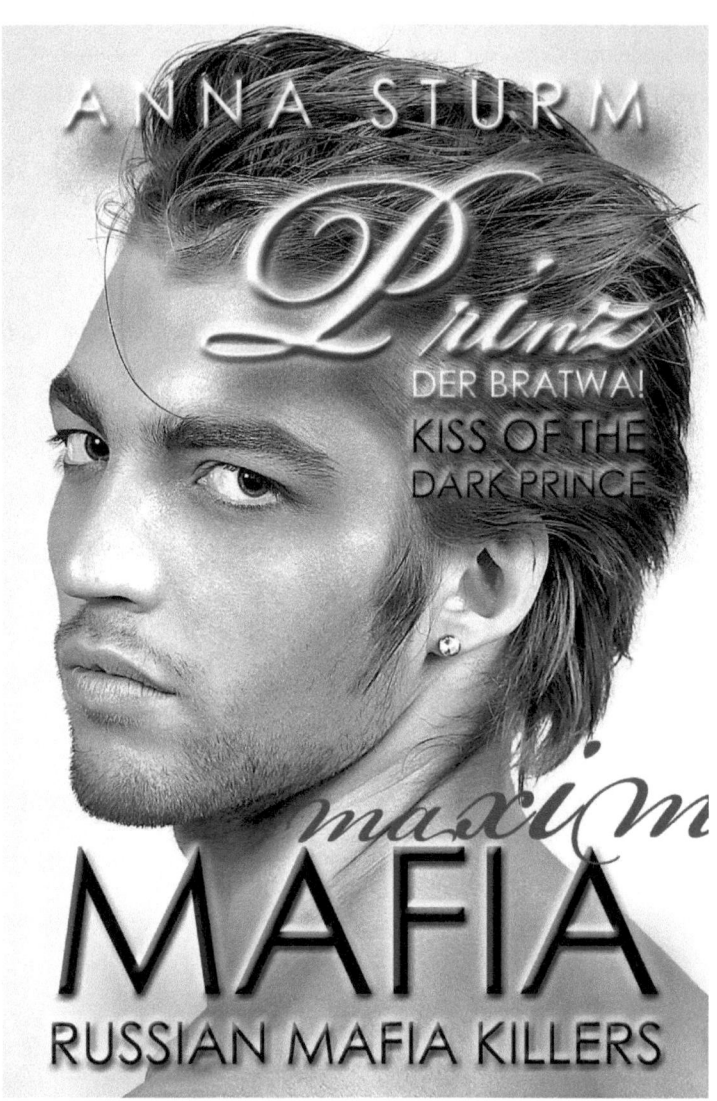

**RUSSIAN MAFIA KILLERS**
**Maximilian – Prinz der Bratwa!** (KISS OF THE DARK
PRINCE)

Genre: Dark Mafia Romance

## KURZFORM DES KLAPPENTEXTES:

Maximilian Medwedew gilt in der Unterwelt als gefährlich. Professionell. Unbesiegbar. Und hart im Nehmen. Dennoch plagen den charismatischen Russen regelmäßig Albträume, die von seinem Aufenthalt im christlichen Waisenhaus als Kind herrühren. Zudem verabscheut der Mafioso Halloween abgrundtief, weshalb ihm sein neuer Auftrag auch unangenehm aufstößt. Am Morgen des 31. Oktober zwingt ihn sein Boss in ein lächerliches Prinzenkostüm zu schlüpfen, um auf einer Halloweenparty verkleidet als DARK PRINCE die Tochter des Gastgebers zu entführen und dadurch den irischen Mob in die Knie zu zwingen.

Was Maximilian noch nicht weiß: Die Mafiaprinzessin Scarlett soll ihn begleiten. Ein Mädchen, von dem er in letzter Zeit immer unanständige Dinge träumt...

Doch welcher dunkle Fürst sucht die Mafiaprinzessin in deren Träumen tatsächlich auf?

## VOLLSTÄNDIGER KLAPPENTEXT:

**Die Handlung spielt vor Scarletts 16. Geburtstag in London...**

**Maximilian Medwedew - Rechte Hand des Mafiabosses Konstantin Andrejew der russischen Mafia KILLERS:**

Maximilian hat als gefährlicher Mafioso noch nie etwas von Halloween gehalten. Auch nicht verstanden, dass sich die Menschen in derartig komische Kostüme hineinpressen, um gegen Mitternacht den Geistern und Dämonen dieser Welt zu trotzen. Oder aber sie zu verspotten. In seinen Augen ist das alles nur Humbug, daher macht er systematisch in der Nacht von Halloween einen großen Bogen um diesen von Spinnern hervorgerufenen Quatsch. Bis er am Morgen des 31. Oktober von seinem Boss gezwungen wird, in ein lächerliches Prinzenkostüm zu schlüpfen, um auf einer Halloweenparty als DUNKLER PRINZ die Tochter des Gastgebers zu entführen...

**Jack Miller – Maximilians Blutsbruder und Profikiller der russischen Mafia:**

Der Engländer Jack würde alles für die russische Mafiaprinzessin Scarlett tun, um eines Tages ihr kleines Herz zu erobern, obwohl er genau weiß, dass sie tabu für ihn ist! Also begnügt er sich damit, das Mädchen aus der Ferne anzuhimmeln. Die junge Teenagerin hat in der Tat noch nie ein Halloweenfest aus der Nähe gesehen, da die russische Mafia dieses Fest nicht feiert. Doch zu Jacks großer Verwunderung plant sein Boss, auf die Halloweenparty seines irischen Feindes zu gehen. Grund hierfür ist jedoch ein heimtückischer Plan des gefürchteten Mafioso Konstantin Andrejew, der in der Halloweennacht seinen irischen Erzfeind – mit dem er zwar gezwungenermaßen einen Friedenspakt hatte schließen müssen, der aber nur auf dem Papier existiert – in den Hinterhalt locken will und deshalb seine Killer wie ein Trojanisches Pferd auf das irische Fest einschleust. Jack und Maximilian bekommen den Auftrag, den Großonkel des Mafiakönigs der irischen Mafia während der Festlichkeiten zu eliminieren und dessen Tochter zu entführen, um die Iren in die Knie zu zwingen. Alles läuft nach Plan, bis Jack erfährt, dass sein Boss – der Rabenvater – seine eigene Tochter als Lockvogel auf diese Halloweenparty schickt, damit der Feind keinen Verdacht schöpft. Und nichts stößt Jack mehr auf, als Scarlett einer solchen Gefahr auszusetzen; denn schließlich rechnet er mit einem Blutbad, sobald der tödliche Schuss abgefeuert wurde...

**Scarlett Anastasija Andrejew - Mafiaprinzessin:**

Scarlett schwärmt bereits seit ihrem 8. Lebensjahr für den schönen Russen Maximilian. Eigentlich liebt sie diesen charismatischen, jungen Mann ja schon, seit sie denken kann. Als ihr Vater sie am Morgen mit einem Prinzessinnenkostüm überrascht, freut sie sich wie eine Schneekönigin, von ihrem Schwarm auf die irische Halloweenparty begleitet zu werden. Auf der Party selbst wird sie von Maximilian jedoch nicht beachtet, der scheinbar nur Augen für die Tochter des Hauses hat, die zwar ein wunderschönes Ballkleid trägt, aber ihr Gesicht hinter einer geheimnisvollen Maske verbirgt. Und dann kommt Scarlett auf eine brillante Idee. Sie tauscht spontan im Gästebadezimmer mit der Tochter des irischen Mafiakönigs ihr Kostüm, da diese laut eigener Aussage Null Bock auf diesen ganzen Scheiß habe. Während Scarlett nun als maskierte Schönheit wieder den Ballsaal des luxuriösen Herrenhauses betritt, macht sich das irische Mädchen heimlich auf den Weg zum Schulball, um für ein paar Stunden an der gewonnenen Freiheit zu schnuppern, die ihr der Vater vehement verwehrt. Scarlett gibt sich dem Mafioso Medwedew natürlich nicht zu erkennen, als sie sich ihm nähert. Und plötzlich erfüllt sich ihr Traum. Maximilian schenkt ihr das erste Mal Beachtung...

Bei diesem ganzen Intrigenspiel rechnen die Russen aber nicht mit der Finesse der Iren!

OHNE VORKENNTNISSE LESBAR!

**Genre: Dark Mafia Romance**
**INHALT: Fließender Perspektivwechsel . explizite, bildhaft beschriebene Szenen . Aus allen Sichten der Protagonisten erzählt!**

Empfohlene Lektüre danach oder davor:

- Russian Mafia KILLERS: Maximilian – Prinz der Bratwa! (KISS OF THE DARK PRINCE)

Das Kindle eBook „Russian Mafia KILLERS: Maximilian – Prinz der Bratwa! (KISS OF THE DARK PRINCE)" kann ab sofort zum Einführungspreis von 99 Cent anstatt 4,99 € gekauft werden.

Der Klappentext wurde bereits am 4.9.2019. auf Amazon veröffentlicht, als das Kindle eBook in die Vorbestellung gegangen ist.

Das Kindle eBook ist am 1.12.2019 im Kindle Shop von Amazon erschienen.

Die Urheberrechte des Klappentextes liegen beim Autor allein – in diesem Fall bei Anna Sturm.

Das Kindle eBook „Russian Mafia KILLERS: entführt" ist bereits erschienen. Es wird am 1.3.2020 erscheinen. Der Klappentext wurde bereits am 15.9.2019 auf Amazon veröffentlicht.

RUSSIAN MAFIA KILLERS: entführt

Genre: Dark Mafia Romance

**KLAPPENTEXT:**

**Salvatore Capulet, Mafiakönig der sizilianischen Mafia in Palermo:**

Hätte der Mafioso Salvatore vorher gewusst, dass diese Frau sein Herz mit Liebe vergiftet, dann hätte er sie samt ihrer ganzen Familie eigenhändig hingerichtet. Aber jetzt ist es zu spät! Er verachtet Laura zutiefst, denn ihre magische Aura zieht ihn immer weiter in einen Teufelskreis hinein, aus dem er nicht mehr ausbrechen kann. Er bemüht sich, der Verlobten seines Neffen Emilio aus dem Weg zu gehen; dennoch sucht er unbewusst immer wieder ihre Nähe, obwohl er sich vor dem Licht fürchtet, in das ihn diese sinnlose Liebe zu dieser charismatischen Frau hineinzieht. Er spürt, dass er verweichlicht. Und bei allen Göttern! Das darf nicht passieren. Die Verzweiflung treibt den verheirateten Mann immer weiter an den Rand des Wahnsinns. Er wünschte sich, Laura Montague wäre tot. Größer noch ist aber der Wunsch, diese Frau zu besitzen. Deshalb sucht er sie nach Emilios Abreise nachts in ihrem Zimmer auf, um ihr einen Deal vorzuschlagen, den sie unmöglich ablehnen kann. Er gibt ihr eine 24stündige Bedenkzeit. Als sie in der darauffolgenden Nacht spurlos verschwindet, wütet er wie eine Bestie, um sie wieder aufzuspüren...

**Alejandro Escobar, Drogenbaron der kolumbianischen Mafia in Bogotá:**

Der Mafioso Escobar hat eine Goldene Regel, an die er sich immer hält: LASS EINEN BRUDER NIEMALS IM STICH! Als sich ihm sein bester Freund Salvatore unter Alkoholeinfluss anvertraut, trifft Alejandro eine folgenschwere Entscheidung, um seinen Blutsbruder von diesen seelischen Qualen zu befreien, die dieses gefährliche Verlangen bei ihm auslöst. Er lässt Laura Montague ohne Salvatores Wissen entführen und nach Tokio bringen, um sie dem Mafiaprinzen Kim Yamamoto der japanischen Mafia als Geschenk zu überreichen. Somit wurden zwei Probleme auf einmal gelöst. Er hatte nämlich einerseits die Japaner besänftigt, ohne seine Cousine ans Messer liefern zu müssen, und andererseits würde Salvatore nicht mehr seinen Verstand verlieren, weil er die Ursache für dessen Liebeskummer durch die Entführung ja jetzt beseitigt hat. Alejandro rechnet aber nicht im Geringsten mit Salvatores unberechenbarer Reaktion. Jetzt muss unbedingt Plan B auf den Tisch! Bei Gott, wenn er den nur schon hätte...

**Die schöne Italienerin Laura Montague:**

Die italienische Schönheit fürchtet sich vor Emilios Onkel. Dennoch glaubt sie, in dessen Augen etwas entdeckt zu haben, das ihr eigentlich keine Angst machen sollte. Aus einem reinen Bauchgefühl heraus vermutet sie aber, dass er derjenige war, der etwas mit ihrem Gedächtnisverlust zu tun hatte. Systematisch geht sie Salvatore aus dem Weg; bis zu jenem Tag, als Emilio geschäftlich nach London fliegen muss und seinen Onkel bittet, in der Zwischenzeit für Lauras Sicherheit zu sorgen. Die junge Frau kommt dem gefürchteten Mafioso näher, als es ihr lieb ist...

**Emilio Capulet, Mafiaboss des Capulet Clans in London:**

Der Sizilianer Emilio schwebt auf Wolke 7. Er liebt seine Laura abgöttisch und ist überglücklich, dass sie sich an ihre Vergangenheit nicht mehr erinnern kann. Auch glücklich darüber, dass sie sein grausames Geheimnis nicht kennt. Als Emilio mit seiner Rechten Hand, dem Russen Dimitri Nikolajew, nach London aufbricht, um seine Gebiete zurückzuerobern, übergibt er seinen größten Schatz in die Obhut seines Onkels; denn es würde ihm das Herz brechen, wenn die russische Mafia des Clans Sorokin seine Verlobte kidnappen würde, nur weil der Russe Stephan-Nikolai Sorokin noch eine Rechnung mit ihm offen hat. Eine Rechnung, die er nicht gewillt ist zu begleichen. Niemals!

OHNE VORKENNTNISSE LESBAR!

**Genre: Dark Mafia Romance**
**INHALT: Fließender Perspektivwechsel . explizite, bildhaft beschriebene Szenen . derbe Sprache . Schauplatz: Bogotá/ Kolumbien; London/England; Sizilien/Italien; Tokio/Japan . Aus allen Sichten der Protagonisten erzählt!**

Leseempfehlung danach oder davor:
* Russian Mafia KILLERS: Verbotene Liebe"

Das Kindle eBook „Russian Mafia KILLERS: entführt"
kann ab sofort zum Einführungspreis von 99 Cent
anstatt 4,99 € gekauft werden.

Der Klappentext wurde bereits am 15.9.2019 auf
Amazon veröffentlicht, als das Kindle eBook in die
Vorbestellung gegangen ist. Das Kindle eBook ist am
1.3.2020 im Kindle Shop von Amazon erschienen.

Die Urheberrechte des Klappentextes liegen beim Autor
allein – in diesem Fall bei Anna Sturm.

**Das Kindle eBook „TRUE LOVE: Gefährliches Verlangen (Prolog & EXTRAS Rafael Blunt)" ist bereits erschienen!**

## TRUE LOVE: Gefährliches Verlangen
## (Prolog & Extras Rafael Blunt)

*Rafael Blunt:* unerschrocken, gefährlich, professionell. Ein Profi, der von der Regierung für spezielle Sonderkommandos unter anderem auch als Killer eingesetzt wird. Als geborener Verführer versteht er es, jede Frau zu umgarnen, bis sie ihm aus den Händen frisst. Kein Wunder, dass sein bester Freund, *Simon Crow,* seine Hilfe anfordert, um das Herz seiner Sub zu erobern, in die er sich *bedingungslos und unwiderruflich* verliebt hat. Rafael reist von London nach New York. Natürlich ist es ein leichtes Spiel für Rafael, Simon zu seinem Glück zu verhelfen. Doch dann passiert etwas, was den doch so berechnenden, kühlen, aber sehr charismatischen und äußerst attraktiven Special Agent vollkommen aus der Bahn wirft. Er verliebt sich unsterblich in die Frau seines besten Freundes. Hineingezogen in den tiefen Rausch seiner Gefühle bemerkt er jedoch erst viel zu spät, dass der unbändige Drang, *Katelyn Crow* zu besitzen, von seinem Verstand Besitz ergriffen hat...

[Anmerkung: Die „TRUE LOVE Serie ist eine dramatische S[...]M[...]-Liebesgeschichte, die in mehrere Teile aufgeteilt ist. Derzeit wurden bereits 8 Folgebände veröffentlicht.]

**LESEPROBE aus „TRUE LOVE: Gefährliches Verlangen":**

Rafael konnte seinen Blick nicht mehr von ihr lösen. Sehnsuchtsvoll sah er sie an. Seine Verzweiflung war unverkennbar. Nicht mehr Herr über seinen Verstand legte er plötzlich wie hypnotisiert seine Hände um ihre Hüften und zog sie so dicht zu sich heran, dass sie gezwungen war, sich nach hinten fallen zu lassen, um ihn ansehen zu können. Sein Herzschlag schien sich regelrecht zu überschlagen, als er sich zu ihr herunterbeugte, um sie zu küssen. Seine Lippen berührten fast ihren Mund. Doch er hielt abrupt in der Bewegung inne. „Kate, du hast mich nicht vertrieben. Aber ich kann nicht bleiben, weil ich etwas will, was ich niemals haben kann." Tiefe Verzweiflung lag in seiner Stimme verborgen, dennoch schien es so, als huschten ihm seine Worte fast spielend leicht über die Lippen. Seine Augen glitzerten wie schwarze Diamanten. Sprühten sinnbildlich Funken vor Begierde. Er sehnte sich nach diesem Kuss! Wollte sie schmecken. Sie fühlen. Ihre makellose Haut mit seinen Lippen berühren. Und dann hörte er es ganz deutlich: Die warnende Stimme in seinem Kopf. Sie war auf einmal da. Zwängte sich zwischen seinen unbändigen Drang, sie einfach zu küssen, und der Vernunft, es doch lieber zu lassen. Schlagartig ließ er sie wieder los, so als habe er sich soeben die Finger an ihr verbrannt. Sein Verstand war – von wo auch immer – zurückgekehrt. Hatte ihn vor dieser Dummheit bewahrt. Er trat einen Schritt zurück, kehrte ihr den Rücken zu und ging hastig zum Bett zurück. „Deshalb ist es besser, wenn ich gehe." Seine Stimme klang nunmehr tonlos. Kalt. Vollkommen nüchtern. Sämtliches Gefühl war daraus verschwunden. Es dauerte einen Moment lang, bis seine Worte in ihr Bewusstsein sickerten. Bis Katelyn begriff, was ihr Rafael soeben gestanden hatte. Bis ihr auch klar wurde, dass es beinahe zu einem leidenschaftlichen Kuss gekommen wäre. Ihr Herz hämmerte in ihrer Brust. „Rafael…", flüsterte sie. Sie war verwirrt, völlig durcheinander. „Geh jetzt bitte.", bat er sie, ohne sie dabei anzusehen. Er kannte sich. Wusste genau, dass seine Beherrschung an einem seidenen Faden hing…

ENDE der Leseprobe!

ACHTUNG: Über KU (KINDLE UNLIMITED) sind die Kindle eBooks kostenlos!

DIESES KINDLE EBOOK ENTHÄLT DEN PROLOG AUS „TRUE LOVE: GEFÄHRLICHES VERLANGEN" SOWIE DIE GASTAUFTRITTE VON RAFAEL BLUNT IN DEN SERIEN „BLACK PANTHER", „BLUE BLOOD – HEARTBEAT" UND „RUSSIAN PRINCE: DER RUSSISCHE FÜRST" (incl. BONUSMATERIAL).

INHALT: Fließender Perspektivwechsel . Aus allen Sichten der Protagonisten erzählt! . explizit, bildhaft beschriebene Szenen . derbe Sprache [dem Genre entsprechend] . Geheimbund . Mafia . Mädchenhandel . Sklavenhandel . Agententhriller . Dark Romance . New Adult . Romantische Thriller . Schauplätze: New York, USA; Moskau, Russland; London, England;

*Die „TRUE LOVE Serie" ist die Folgeserie von „Sub #: Ein Milliardär zum Verlieben!"*

# Sub #8: Ein Milliardär zum Verlieben!

### KLAPPENTEXT „Sammelband 1 bis 3"

*Simon Crow, ein Milliardär ohne Herz und auch ohne das nötige Feingefühl für Frauen, glaubt nicht an die Liebe. Hält sie für eine Krankheit, von der er sicherlich nie befallen sein wird! Er beherrscht seine Sklavinnen nur wie Lustobjekte. Doch als er an eine Sub gerät, die ihm den Kopf verdreht, da spürt er plötzlich etwas in sich, was man mit Liebe definieren könnte. Er fühlt die Veränderung, die in ihm vorgeht. Langsam. Aber unausweichlich.*

*Wird es Simon schaffen, das Herz seiner Sub zu erobern, die er einst mit harter Hand dominiert hat? Oder wird sich Kate von ihm abwenden, sobald sie die Wahrheit kennt?*

**BODYGUARD: Liebe mich! (Sammelband) Cover-Foto ©
EmotionPhoto/www.fotolia.de**

## BODYGUARD: Liebe mich!

Der junge, charismatische und verdammt gut aussehende Russe *Rafael Morosow* hat nach dem Mord an seinem Vater alles verloren, was ihm im Leben jemals wichtig war. Fernab von seiner Heimat irrt er nun in der Weltgeschichte umher. *Ruhelos. Mutlos. Desillusioniert.* Erst als ihn der Fürst aufgreift, ändert sich sein Schicksal. Er bekommt eine zweite Chance, sein Leben neu zu gestalten, denn der mächtigste Mann Europas, Russlands und der Vereinigten Staaten gibt dem jungen Mann eine Aufgabe und somit neuen Lebensmut, als er ihn als Bodyguard engagiert. Rafael arbeitet sich innerhalb kürzester Zeit bis an die Spitze des russischen Syndikats BLACK SOUL hoch. Er wird von allen respektiert. Als vollwertiges Mitglied hoch angesehen. Gehört schon bald zur Elite. Ist einer der loyalsten Männer des russischen Syndikats. Rafael verdrängt sein düsteres Geheimnis, das ihn bisher verfolgt hat wie ein dunkler Schatten. Alles läuft nach Plan. Doch dann ändert sich plötzlich etwas, als der Fürst seine Verlobte zu sich holt, die Rafael in Zukunft beschützen muss. *Das junge Mädchen verzaubert den Ort, als wäre er von Magie umgeben.* Aber nicht das war der Grund, der den jungen Mann um seinen Verstand gebracht hatte, sondern der Grund lag ganz woanders. Und so begeht der pflichtbewusste, mutige Bodyguard einen seiner größten Fehler, als er sich Hals über Kopf in die junge Frau des Fürsten verliebt. Etwas, das ihm aber niemals hätte passieren dürfen...

INHALT: Dark Romance . New Adult . Coming of Age . Lovestory Rafael Morosow . explizit und bildhaft beschriebene Szenen . Fließender Perspektivwechsel . Aus allen Sichten der Protagonisten erzählt!

**Kurzer Auszug aus „BODYGUARD: Liebe mich!"**

# In einer Vollmondnacht...

Ihr bezaubernder Duft benebelte seine Sinne. Ließ ihn immer stoßweiser atmen, während er seine Lippen stürmisch über ihren Hals gleiten ließ; mit seinem Mund jeden einzelnen Quadratzentimeter ihrer makellosen Haut mit feurigen Küssen bedeckte. Seine Lippen wanderten abwärts bis hinunter zu ihrem Dekolleté. Hinterließen auf seiner Zunge ein dezentes Kribbeln vom Feinsten. Es fühlte sich magisch an. Als läge Magie über diesem verzauberten Ort hier, an welchem er diese süße Sünde beging, die ihn nun in alle Ewigkeiten verfolgen würde. *Ihn zum Liebesnarr machte. Augenblicklich!* Er inhalierte ihren Duft, als hinge sein Leben davon ab. Die Gier nach ihr war unbeschreiblich. Grenzenlos. Gewaltig. „Du bedeutest mir sehr viel... ich... ich liebe dich...", brachte er keuchend hervor. Ein kehliger Laut entwich seinen Lippen. *Rafael war außer sich. Dem Wahnsinn nahe. Unbeherrscht.* Alles drehte sich ihm im Kopf. Niemals hätte er gedacht, dass er seine Beherrschung verlöre. Dennoch hatte er sie verloren. In diesem Augenblick. *Sie war es, die ihn dazu getrieben hatte. Sie war es, die ihm sein Herz herausgerissen hat, um es mit ihrer Ruchlosigkeit zu quälen. Ihrer Unschuld. Ihrer reinen Seele! Sie war es, die in ihm die Bestie geweckt hat. Denn sie allein war verantwortlich dafür gewesen, das Gefährliche Raubtier befreit zu haben, welches in seinem tiefsten Innersten auf der Lauer lag. Sie war es, die ihn so um den Verstand gebracht hatte.* Über all die Wochen. Monate. Jahre. Er richtete sich wieder auf. Fuhr ihr mit den Händen durchs Haar. Zerwühlte es. Sah ihr dabei tief in die Augen. Konnte in der Dunkelheit, die ihn umgab, lediglich ein leichtes Glitzern darin erkennen. Ein dezentes Lächeln wahrnehmen. Auch wenn er die Angst, die sich scheinbar über sie gelegt hatte, deutlich spüren konnte. Ihr rasender Herzschlag verriet es ihm. Das heftige Pochen an ihrer Halsschlagader, als er sie mit seinem Mund dort berührt hatte, hatte er in aller Deutlichkeit wahrgenommen. Ihr laszives Stöhnen war ein weiterer Beweis dafür, dass sie sich nach seinen wilden Küssen verzehrte! *Fuck! Fuck! Fuck! Er hätte sich nicht darauf einlassen dürfen!*

*Ende der Leseprobe!*

## RUSSIAN MAFIA KILLERS: Verbotene Liebe
## Genre: Dark Mafia Romance

**KLAPPENTEXT:**

**Julia Montanari, die schöne Italienerin:**
Mit sechzehn zwang sie der Vater zur Verlobung mit dem italienischen Mafiaboss Emilio Capulet, der sie mit Vollendung ihres einundzwanzigsten Lebensjahres zur Frau nehmen will. Mit achtzehn begegnet sie dem russischen Mafiaboss Stephan-Nikolai Sorokin und verliebt sich unsterblich in den charismatischen Mann. Sie beginnt eine heimliche Affäre mit dem russischen Mafioso, ohne sich der Konsequenzen bewusst zu sein, die eine mögliche Entlarvung dieser verbotenen Liebe mit sich bringen könnte...

**Stephan-Nikolai Sorokin, der russische Mafiaboss:**
Niemals hätte Nikolai gedacht, dass er sich nach dem Tod seiner ersten Ehefrau jemals wieder verlieben könnte. Doch die bildhübsche Italienerin Julia bringt seine kleine Weltordnung völlig durcheinander. Ihm ist vollkommen bewusst, dass er ein gefährliches Spiel beginnt, als er eine Liaison mit ihr eingeht. Bevor er jedoch Gegenmaßnahmen ergreifen kann, nimmt das verbotene Spiel eine fatale Wendung...

**Emilio Capulet, der italienische Mafiaboss:**

Emilio glaubt nicht an die Liebe auf den ersten Blick. Dennoch verliebt er sich in das junge Mädchen Julia Montanari, als er sie das erste Mal erblickt. Er nötigt ihren Vater dazu, der Verlobung zuzustimmen. Er zählt die Tage, bis er sie zur Frau nehmen kann. Als er jedoch erfährt, dass seine Verlobte nach nur zwei Jahren ihrer Verlobung eine heimliche Beziehung mit seinem Erzfeind, dem Russen Stephan-Nikolai Sorokin, führt, schlägt seine Liebe in Hass um. Wie eine Bestie jagt der schöne Sizilianer die beiden und entfacht damit einen Bandenkrieg zwischen den verfeindeten Mafia Clans, den die Welt noch nicht gesehen hat...

**Genre: Dark Mafia Romance**
**INHALT: Fließender Perspektivwechsel . explizite, bildhaft beschriebene Szenen . Schauplatz: London/England Nebenschauplätze: Sizilien/Italien . Aus allen Sichten der Protagonisten erzählt!**

[HINWEIS: Teil 4 kann man auch ohne Vorkenntnisse als STANDALONE lesen, um mit der Serie RUSSIAN MAFIA KILLERS auf Tuchfühlung zu gehen! Teil 1 bis 3 können im Anschluss wie eine Vorgeschichte gelesen werden. Für diejenigen, die Teil 1 bis 3 bereits kennen, ist das hier aber der vierte Teil aus der Serie RUSSIAN MAFIA KILLERS!]

Das Kindle eBook „**Russian Mafia KILLERS: Feuer & Eis**" kann man im Kindle Shop bereits vorbestellen. Es wird am 1.6.2020 erscheinen. Der Klappentext wurde bereits am Freitag, den 13.9.2019 auf Amazon veröffentlicht, als das Kindle eBook in die Vorbestellung gegangen ist.

**Dark Mafia Romance (keine Schnulze, sondern ein Mafia Liebesroman). Dies ist der 5. Teil aus der Serie RUSSIAN MAFIA KILLERS**

**RUSSIAN MAFIA KILLERS**

**RUSSIAN MAFIA KILLERS: FEUER & EIS**
**GENRE: DARK MAFIA ROMANCE**

**KLAPPENTEXT:**

**Stephan Sorokin, Sohn des Mafiabosses der Russenmafia SOROKIN:**

Ich belüge sie jede gottverdammte Nacht. Die Dunkelheit ist mein Verbündeter. Dennoch muss ich mich vorsehen, weil mein größter Feind uns jetzt gefunden hat. Und er will sie zurück. Aber sie gehört mir! Auf immer und ewig...

**Maximilian Medwedew, der neue Mafiaboss der russischen Mafia KILLERS:**

Endlich habe ich sie gefunden, weiß jetzt, wo sie steckt, wohin sie dieser russische Hurensohn gebracht hat! Am liebsten würde ich ihm für diesen Brautraub das Genick brechen. Aber der Fürst der Russenmafia verbietet es mir. Stattdessen zwingt er mich dazu, mit meinem Erzfeind Stephan Sorokin um Scarlett zu kämpfen. Er besteht auf einen fairen Kampf! Gottverflucht! Ich weiß nicht, ob ich mich beherrschen kann. Möglicherweise lasse ich mich von meinem Zorn verleiten und schicke ihn gleich zur Hölle, sobald er mir gegenübersteht. Denn er will das, was mir gehört! Schon immer mir gehört hatte!

**Scarlett Anastasija Andrejew, Mafiaprinzessin und Tochter des alten Mafiabosses der KILLERS:**

Hätte ich vorher gewusst, wie qualvoll die süße Liebe sein kann, dann hätte ich mich niemals verliebt! Aber jetzt! Jetzt schlägt mein Herz plötzlich für zwei Männer. O mein Gott! Sie erwarten von mir eine Entscheidung. Aber wie soll ich mich nur entscheiden, wenn ich dadurch gleichzeitig auch das Todesurteil des anderen ausspreche?! Ich liebe sie beide. Und daran wird auch ein Zweikampf nichts ändern...

**Alejandro Escobar, Drogenbaron der kolumbianischen Mafia in Bogotá:**

Kein Wunder, dass man mich fürchtet.

Ich vergesse nichts.

Ich vergebe nie.

Ich exekutiere jeden, der mir in den Rücken fällt.

Und ich kämpfe mit erbitterter Härte gegen meine Feinde. Endlich habe ich die Koordinaten der Insel auf meinem Tisch liegen, um den Fürsten der Russenmafia ein für allemal von seinem Thron zu stoßen und in die Hölle zu befördern. Schon viel zu lange hat ihm meine Familie widerstandslos Tribut zahlen müssen! Doch ich bin zu stolz dazu, weiterhin unter seiner Herrschaft zu stehen und seine Befehle zu befolgen! Von mir soll er nichts mehr bekommen. Ein offener Krieg wäre zu riskant. In der Tat. Aber wie gesagt – ich weiß jetzt endlich wo die Mafiahochburg des Fürsten liegt, um ihn mit einem Überraschungsangriff zu vernichten. Übrigens, Emilio wird erfreut sein, wenn ich ihm davon erzähle, denn die sizilianische Mafia hat wegen der Entführung der italienischen Mafiaprinzessin vor einigen Jahren noch eine Rechnung offen mit den Russen. Und Emilio vergisst ebenfalls nichts; umsonst nennt man ihn bestimmt nicht DEN SIZILIANER, der jeden Verräter in Londons Unterwelt solange jagt, bis er ihn aufspürt. Bei Gott! Was für ein Glück für mich, dass er mein Geheimnis nicht kennt; sonst würde er nämlich mich jagen anstatt den Russen Stephan-Nikolai Sorokin und dessen Clan...

OHNE VORKENNTNISSE LESBAR!

## Genre: Dark Mafia Romance

**INHALT: Fließender Perspektivwechsel . explizite, bildhaft beschriebene Szenen . derbe Sprache (dem Genre Dark Mafia Romance angepasst) . Schauplatz: London/England Nebenschauplätze: Sizilien/Italien; Bogotá/ Kolumbien . Aus allen Sichten der Protagonisten erzählt!**

**Leseempfehlung danach oder davor:**
**\* Russian Mafia KILLERS: Maximilian – Der Russe (1. Teil aus der Serie RUSSIAN MAFIA KILLERS)**
**bzw.**
**\* Russian Mafia KILLERS: Verbotene Liebe (OHNE VORKENNTNISSE LESBAR!)**

[HINWEIS: „Russian Mafia KILLERS: Feuer & Eis" kann man auch ohne Vorkenntnisse als STANDALONE lesen, um mit der Serie RUSSIAN MAFIA KILLERS auf Tuchfühlung zu gehen! Die Kindle eBooks „Russian Mafia KILLERS: Maximilian – Der Russe 1 und 2", „Russian Mafia KILLERS: Stephan – Fürst der Finsternis" sowie „Russian Mafia KILLERS: Verbotene Liebe" können im Anschluss wie eine Vorgeschichte gelesen werden. Für diejenigen, die alle vier Bücher aus der Serie RUSSIAN MAFIA KILLERS bereits gelesen haben, ist das hier aber der fünfte Teil aus der Serie! Der Sammelband „Russian Mafia WHITE PRINCESS: Spiel nie mit einem Killer!" enthält die ersten drei Folgebände der Serie RUSSIAN MAFIA KILLERS.]

Das Kindle eBook „Russian Mafia KILLERS: Feuer & Eis" kann ab sofort zum Einführungspreis von 99 Cent anstatt 4,99 € vorbestellt werden.

Der Klappentext wurde bereits am Freitag, den 13.9.2019 auf Amazon veröffentlicht, als das Kindle eBook in die Vorbestellung gegangen ist. Das Kindle eBook wird am 1.6.2020 im Kindle Shop von Amazon erscheinen.

**KLAPPENTEXTE für die Serie RUSSIAN MAFIA KILLERS:**

*Wer wird das Herz der Mafia-Prinzessin Scarlett am Ende erobern?*

## 1. UND 2. GESCHICHTE DES SAMMELBANDES [KILLERS: MAXIMILIAN – DER RUSSE 1 + 2]

KLAPPENTEXT FÜR DIE VOLLSTÄNDIGE SERIE KILLERS:

*Maximilian Medwedew* ist die Rechte Hand des mächtigen Anführers *Konstantin Andrejew* vom Russischen Syndikat KILLERS, dessen Domizil sich in England befindet und dessen Gebiete sich von Großbritannien aus über ganz Russland und auch über die Vereinigten Staaten erstrecken, die vom Syndikat KILLERS kontrolliert werden. Als Profikiller ist er Mister Andrejews bester Mann. Dennoch käme eine Heirat zwischen ihm und dessen Tochter niemals in Frage. Maximilian ist bewusst, dass er mit seinem Leben spielt, als er eine heimliche Liaison mit dem jungen Mädchen eingeht.

Als sie der Vater jedoch mit dem Sohn des verfeindeten Clanführers *Stephan-Nikolai Sorokin* verheiraten will, um sein Gebiet zu vergrößern, sieht Maximilian in der Flucht den letzten Ausweg, Scarlett nicht zu verlieren.

Damit unterschreibt er jedoch sein Todesurteil. Denn niemand hat es je geschafft, seinen Boss Mister Andrejew zu hintergehen. Abgesehen davon ist ihm auch noch nie jemand entkommen, der versucht hat, sich vom Syndikat KILLERS wieder loszureißen...

[Anmerkung: Es handelt sich bei „KILLERS: Maximilian - Der Russe" um die Pilot-Serienfolge einer mehrteiligen Serie.]

Ergänzung des Klappentextes bei „KILLERS: Maximilian – Der Russe 2":

Wird *Jack Miller* seinen Freund *Maximilian Medwedew* mit der Axt hinrichten?

Wenn ja, was passiert mit Scarlett? Wird sie den Sohn des verfeindeten Clanführers *Stephan-Nikolai Sorokin* heiraten müssen? Oder wird sie ihrem Geliebten in den Tod folgen, genauso wie es Shakespeares Julia getan hat?

Und somit geht die Geschichte der KILLERS in die zweite Runde!

INHALT: Mafia Romance . Dark Romance . New Adult . Coming of Age . Lovestory über eine Mafia-Prinzessin . explizit und bildhaft beschriebene Szenen . Fließender Perspektivwechsel . Aus allen Sichten der Protagonisten erzählt!

## 3. GESCHICHTE DES SAMMELBANDES
## [KILLERS: STEPHAN – FÜRST DER FINSTERNIS]
## Kein Vampirroman!

# KLAPPENTEXT aus „Russian Mafia: mein!":

*Er dachte immer, er könne sich niemals verlieben. Doch dann sah er die Tochter seines Feindes...*

*Stephan Sorokin* ist der Sohn des mächtigen Clanführers der russischen Mafia SOROKIN. Als er sich unerlaubt auf eine Veranstaltung des Feindes begibt, um diesen zu provozieren, sieht er dort ein Mädchen, welches bei ihm ein Verlangen auslöst, das bisher noch keine einzige Frau bei ihm ausgelöst hatte. Ihm ist plötzlich klar, dass er sie besitzen muss. Doch ähnlich wie es auch bei Shakespeares Meisterwerk *Romeo & Julia* gewesen war, stellt sich heraus, dass die junge Frau, die ihm scheinbar mühelos den Kopf verdreht hat, keine Geringere als die Tochter des verfeindeten Clanführers ist.

Wird die Liebe, die in Stephan entbrannt ist, siegen? Oder Unglück über ihn bringen? Dummerweise stürzt er sich nämlich in ein irreales Wagnis, aus dem es kein Zurück mehr gibt. Er kann sich jedoch gegen sein waghalsiges Vorhaben nicht wehren, da das gefährliche Verlangen nach Scarlett stärker ist als die Vernunft, die ihn zurückhalten müsste. Denn so wie einst die verfeindeten Häuser Montague und Capulet aus Shakespeares Geschichte, sind auch die zwei russischen Clans SOROKIN und ANDREJEW Todfeinde...

## Ursprünglicher Klappentext aus KILLERS 3:

Wird sich *Scarlett Anastasija Andrejew* dem Sohn des Clanführers *Stephan-Nikolai Sorokin* unterwerfen müssen, nachdem sie von ihrem Vater *Konstantin Andrejew* noch am selben Tag an den Feind ausgeliefert wurde, an welchem Jack den Befehl dazu erhalten hat, *Maximilian Medwedew* wegen Hochverrats am Clan hinzurichten?

Weshalb war *Stephan Sorokin* in Scarletts Moskauer Internat plötzlich aufgetaucht? Und weshalb hatte er Jack und Maximilian nicht schon damals durch seine Männer beseitigen lassen? Schließlich hatte er die Macht dazu, sich mit Gewalt zu holen, wonach es ihn dürstete…

Auf welche Seite wird sich *Jack Miller* tatsächlich stellen, nachdem er ja nun davon erfahren hat, dass sein Blutsbruder mit genau der Frau ein Verhältnis hat, in die er schon seit Jahren verliebt ist und die er für sich selbst beansprucht hatte? Wäre das eventuell ein Motiv gewesen, weshalb er Maximilian fast halbtot geprügelt hat, bevor er am Ende dessen Kopf Mister Andrejew auf einem goldenen Tablett hätte präsentieren sollen? Kann Eifersucht zwei Brüder wirklich bis an ihre Grenzen treiben?

Und somit geht die außergewöhnliche Liebesgeschichte aus der Serie KILLERS in die dritte Runde!

[HINWEIS: Teil 3 kann man auch als STANDALONE lesen, um mit der Serie KILLERS auf Tuchfühlung zu gehen! Teil 1 und 2 können im Anschluss wie eine Vorgeschichte gelesen werden. Für diejenigen, die Teil 1 und 2 bereits kennen, ist das hier aber der dritte Teil aus der Serie KILLERS!]

[Anmerkung: Es handelt sich bei „KILLERS: Stephan – Fürst der Finsternis (Vorgänger: KILLERS: Maximilian – Der Russe 1 und 2" um den dritten Teil einer mehrteiligen Serie.]

KILLERS

MAXIMILIAN DER RUSSE

RUSSIAN MAFIA

Mafia

ANNA STURM

DER RUSSE

2

Maximilian

RUSSIAN MAFIA

KILLERS

London . New York . Moskau . Bogotá

ANNA STURM

DAS RUSSISCHE SYNDIKAT

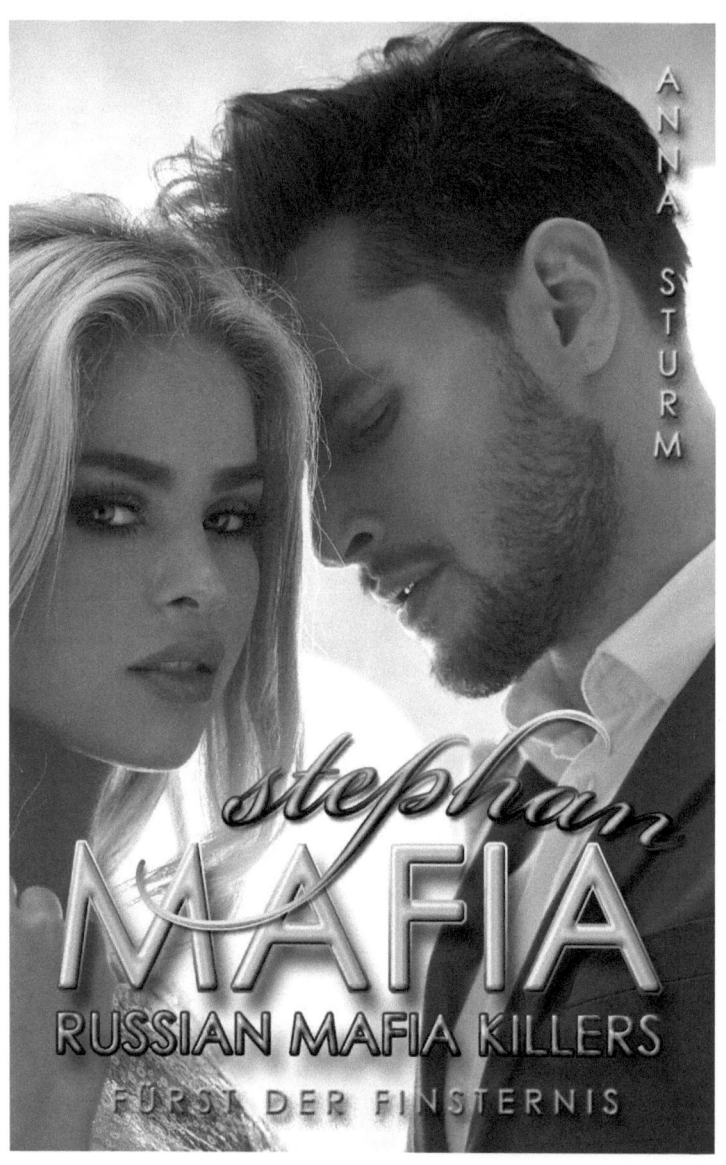

**Cover-Foto Russian Mafia: mein! © EmotionPhoto/www.fotolia.de**
In diesem Kindle eBook findet man die Vorgeschichte NORTH KING

DAS COVER von
„DU GEHÖRST MIR!"
Erschienen: Oktober 2017

Der Fürst kämpft dort an der Seite von Kim
Yamamoto und William of Lancaster gegen all
das Unrecht auf unserem Planeten.

Cover-Foto KING OF MINK Begierde © soup studio/
www.fotolia.de

# KING OF MINK Begierde

**KLAPPENTEXT:**

**Mary:**
Ich weiß nicht, wer meine Eltern sind. Und es ist mir auch völlig egal. Ben sorgt jetzt für mich. All den Luxus um mich herum genieße ich in vollen Zügen. Jeden Tag! Ich muss hierfür zwar meinen Körper verkaufen, aber das stört mich nicht weiter, denn ich bin ein böses Mädchen und gebe mich aus Leidenschaft den Männern hin. Doch an jenem Abend, als mich zwei Milliardäre zu einem sehr hohen Preis ersteigert hatten, änderte sich plötzlich alles...

**William:**
Niemals hätte ich gedacht, auf dem Maskenball, den Ben Dover jedes Jahr veranstaltet, der Frau meiner Träume zu begegnen. Ich bin zwar inkognito hier – ohne irgendwelche Absichten zu hegen, für Bens schöne Huren zu bezahlen – aber diese dort drüben verdreht mir gerade den Kopf ganz schön gewaltig. Es erregt mich, sie gefesselt zu sehen. O mein Gott! Ich muss sie haben. Koste es, was es wolle...

**Kim:**
Nur weil mich William dazu überredet hat, ihn auf diesen idiotischen Maskenball zu begleiten, bin ich jetzt hier. Dieser Ball ist ohnehin nicht das, was ich erwartet hatte. Scheinbar verbirgt sich hinter dessen harmlosen Fassade nur ein ordinärer Geheimbund, der sich an der Zügellosigkeit und den Ausschweifungen der High Society erfreut. Am liebsten würde ich jetzt gehen. Sofort. Doch dann entdecke ich sie. Eine junge Frau, die so schön ist wie eine Madonna. Ihre reine Unschuld trifft mich knallhart in der Brust. Sie ist die pure Sinnlichkeit in der reinsten Form. Bei Gott! Mein Bruder hat sie soeben ersteigert. Verdammt! Ich war zu langsam. Jetzt liegt es an mir, ihn davon zu überzeugen, das Mädchen zu teilen. Und als Brüder hatten wir noch nie ein Problem damit gehabt...

**INHALT: Fließender Perspektivwechsel . explizite, bildhaft beschriebene Szenen . Schauplatz: London/England Nebenschauplätze: Moskau/Russland, Tokio/Japan . Die Insel des Fürsten . Aus allen Sichten der Protagonisten erzählt!**

[HINWEIS: Teil 3 kann man auch ohne Vorkenntnisse als STANDALONE lesen, um mit der Serie KING OF MINK auf Tuchfühlung zu gehen! Teil 1 bis 2 sowie der Spin-off können im Anschluss wie eine Vorgeschichte gelesen werden. Für diejenigen, die Teil 1 und 2 sowie den Spin-off bereits kennen, ist das hier aber der dritte Teil aus der Serie KING OF MINK!]

*Klappentext der KING OF MINK Serie:*

**1. KING OF MINK . Zwei Milliardäre zum Verlieben!**

*Kim Yamamoto*

Der 21jährige, charismatische und gut aussehende Milliardärssohn des japanischen *Yamamoto Clans* ist Offizier der Königlichen Militärakademie Sandhurst. Als Alleinerbe und Sohn einer englischen Lady fließt nicht nur japanisches Blut durch seine Blutbahnen. Alle männlichen Nachkommen der Adelsfamilie seines Großvaters besuchten die *Königliche Militärakademie Sandhurst,* weshalb ihn sein Vater auch auf die Akademie geschickt hat. Kim ist aber nicht nur ein sehr pflichtbewusster, ehrenhafter und stolzer Kadett. Er ist zudem über beide Ohren verliebt in die wunderschöne Rosalie. Niemand weiß von der Liaison mit dem schönen, geheimnisvollen Mädchen. Noch nicht einmal sein Blutsbruder William ahnt etwas davon, der mit ihm zusammen die Militärakademie besucht. Eines Abends beschließt Kim von Sandhurst nach London zu fahren, um Rosalie einen Heiratsantrag zu machen. Doch er kehrt in dieser Nacht nicht wieder in die Militärakademie zurück…

*William of Lancaster*

William ist ein äußerst attraktiver Milliardär, dessen aristokratische Familie dem englischen Hochadel angehört. Er erhält mitten in der Nacht einen Anruf von Kim, der ihm ganz aufgeregt erzählt, er werde heiraten. Doch bevor der *junge Lancaster-Sprössling* seinen Freund ausfragen kann, hört er einen Schuss. Als daraufhin die Leitung unterbrochen wird, verlässt er überstürzt die Akademie, da er dahinter einen Terroranschlag auf die *Königliche Garde* vermutet. Wird er es noch rechtzeitig schaffen, seinen Freund zu retten?

*Mary Christmas*

Die schöne Vollwaise Mary schwebt im 7. Himmel, als der Milliardär, *Maximilian Moods,* ihr einen Antrag macht. An dem Tag, an welchem er sie jedoch aus dem Heim herausholen wollte, wartet sie vergeblich auf den jungen Mann…

KING OF MINK: ZWEI MILLIARDÄRE ZUM VERLIEBEN ist eine royale, romantische und in sich abgeschlossene Geschichte, in der sich alles um die Liebe dreht. Aber nicht nur um die Liebe, sondern auch um süße Pelztiere.

INHALT: Beginn der Lovestory William, Kim & Mary . Fließender Perspektivwechsel . Aus allen Sichten der Protagonisten erzählt!

## 2. KING OF MINK . Zwei Milliardäre verrückt nach Mary! TEIL 1

*William of Lancaster:* Charismatisch. Attraktiv. Gut gebaut. Steinreich und verwandt mit den Lancaster-Brüdern. Williams Vater ist der Gründer des milliardenschweren Modelabels KING OF MINK, das weltweit vertrieben wird. Die Felle des *Lancaster Clans* sind marktführend im Pelzgeschäft. Dennoch hasst William nichts mehr als Frauen, die ihre schönen Körper in teure Pelze hüllen.

Der Milliardär, Kim Yamamoto, ist Sohn eines japanischen Pelzhändlers und Williams bester Freund, den er auf der KÖNIGLICHEN MILITÄRAKADEMIE *Royal Military Academy Sandhurst* kennengelernt hat. Durch Kims Blutbahnen fließt aber nicht nur japanisches Blut, sondern auch das des englischen Hochadels. Auch er verachtet Frauen, die sich mit Pelzen schmücken.

Mary Christmas: Vollwaise und Hure, die bereits als kleine Lolita gelernt hat, mit ihrer Schönheit den Männern den Kopf zu verdrehen. Als Eigentum eines SM-Clubbesitzers wird sie regelmäßig auch an hochrangige Geschäftsmänner und Adlige aus der High Society verliehen. Mary trägt gerne Pelz und schmückt ihren Körper mit Brillanten. Denn als Waise hatte sie noch nie etwas Wertvolles besessen.

Aber was passiert, wenn alle drei aufeinander treffen und die beiden Männer plötzlich spüren, dass sie verrückt nach Mary sind?

119

[Anmerkung: Bei „KING OF MINK: Zwei Milliardäre verrückt nach Mary!" handelt es sich um den ersten Teil einer in sich abgeschlossenen Liebesgeschichte, die voraussichtlich in vier Bänden erzählt wird.]


HINWEIS: Es kommt nur zu heterosexuellen, explizit beschriebenen Liebesszenen!


## Besetzung:
### [Die Aufteilung der Rollen bezieht sich auf alle Folgebände von „Pelz Milliardär – King of Mink"]


HAUPTROLLEN:

1. Kim Yamamoto (Sohn von Akaya Yamamoto)
2. William of Lancaster (Cousin der Lancaster-Brüder Stephen, Alexander und Dennis)
3. Laurence of Lancaster (Bruder des Dukes Phillip of Lancaster und Vater von William)
4. Henry Williams Senior (aus Black Diamonds: Spiel nie mit einem... Milliardär!)
5. Maximilian Williams (aus Black Diamonds: Spiel nie mit einem... Milliardär!)
6. Mary Christmas (Vollwaise, Hure und Eigentum des SM-Clubbesitzers Ben Dover)
7. Akaya Yamamoto (japanischer Pelzhändler/Pelztierzüchter)
8. Ami Yamamoto (2. Ehefrau von Akaya Yamamoto)


NEBENROLLEN:

9. Naoki Nakamura (Rechte Hand von Akaya Yamamoto)
10. Song Ken-Shou (chinesischer Pelzhändler/Pelztierzüchter)
11. Snow (weißer Marderhund)
12. Yuki (weißer Nerz)
13. Kuroi (schwarzer Nerz)
14. Oliver Anderson, Leonid Sorokin (aus Black Diamonds: Spiel nie mit einem Milliardär!)

15. TOP Agenten der *Elite Einheiten Blue Blood* und *Black Panther* (Stephen of Lancaster, Alexander of Lancaster, Dennis of Lancaster, Fürst Michail Lykov, David Somerhalder, Maximilian Harding, Liam Curtis, Nikolaj Trachtenberg, Damian Waldorf, Maxim Stepanow)

16. Die beiden Anführer des russischen Syndikats BLACK SOUL (Fürst Alexej Lwow (Alexej Stoikow), Dimitri Andrejew)

17. Daniil Nikolajew (russischer Rebell und Kämpfer aus der BLACK SOUL Serie)

18. Rafael Blunt, Simon Crow (aus Sub #8: Ein Milliardär zum Verlieben! sowie der TRUE LOVE Serie)

19. Oliver Collins – Profikiller BLUE MOON (aus You are Mine!)


[Anmerkung: Es handelt sich bei „KING OF MINK Begierde (Vorgänger: KING OF MINK 1 + 2 sowie Spin-off)" um den dritten Teil einer mehrteiligen Serie. Diesen Teil kann man auch als STANDALONE ohne Vorkenntnisse lesen, um mit der KING OF MINK Serie auf Tuchfühlung zu gehen.]

**Meinen Debütroman „ROYALS: Begehre niemals eine Hure!"
habe ich unter „Kate R. Snow" wieder veröffentlicht.
(Entstehung: 2004 -2008)**

Cover-Foto ROYALS: Begehre niemals eine Hure! © © Viorel
Sima/www.fotolia.de (Foto oberhalb des Titels ROYALS) und Georg
Mayer/www.fotolia.de (Foto unterhalb des Titels ROYALS)

Sébastian de Valence:

Nachdem es ein Serienkiller scheinbar auf den Pariser Hochadel abgesehen hat, engagiert Sébastian für seine schöne Verlobte einen Bodyguard, ohne sie darüber zu informieren; schließlich möchte er ihr keine Angst einjagen. Sie soll sich an seiner Seite ja weiterhin sicher fühlen, weshalb sich der Leibwächter auch nicht zu erkennen geben darf. Zu diesem Zeitpunkt wusste er aber selbst nicht, wie nah er dem Killer tatsächlich ist und welche tragende Rolle er bereits in seinem Leben spielt...

David Fort:

Eigentlich wurde David ja nur deshalb Bodyguard, weil er keinen anderen Job mehr bekommen hat, ihm aber der Umgang mit Personenschutz am besten lag. Irgendwie läuft in seinem Leben alles schief. Sein Blutsbruder hatte ihm den Rücken gekehrt, als er mit der Polizei gebrochen hat. Seine Frau verlässt ihn wegen eines anderen Mannes. Und zudem wird der Alkohol zu seinem besten Freund. Doch als er von einem bornierten Aristokraten den Auftrag erhält, Isabelle Dion zu beschützen, sieht er plötzlich eine neue Aufgabe in seinem Leben, das er in letzter Zeit für sehr sinnlos erachtet hatte. Dummerweise verliebt er sich aber in Ausübung seines neuen Jobs in das bildhübsche Mädchen, für dessen Schutz er ab sofort verantwortlich ist. Seine plötzlich aufflammenden, tiefen Gefühle zu der jungen Frau machen den Auftrag in der Tat nicht leichter für ihn. Aus der Ferne beginnt er, sie anzuhimmeln. Diese unerfüllte Liebe treibt ihn jedoch immer weiter an den Rand der Verzweiflung, da er nicht ernsthaft daran glaubt, jemals auf Gegenliebe zu treffen. Zu allem Überfluss kommt Isabelle dem Killer aber völlig unerwartet so nah, dass er keinen anderen Ausweg mehr sieht, als diesen Auftrag zu seiner persönlichen Angelegenheit zu machen, um die Frau zu beschützen, in die er sich rettungslos verliebt hat. Als sich die Ereignisse zuspitzen, kommt er nicht nur Sébastians Verlobten näher, sondern auch dem Serienkiller...

Isabelle Dion:

Es ist nicht leicht, mit einem Milliardär verlobt zu sein, der zusätzlich zu seinen Milliarden nicht nur einen Adelstitel trägt, sondern auch noch eine Mutter hat, die jede Frau aus dem ordinären Fußvolk am liebsten in die Wüste schicken würde. Natürlich glaubt sie, Isabelle wäre nur an dem Geld ihres Sohnes interessiert, da sie sie für eine habgierige Dirne hält; deshalb würde sie Sébastian am liebsten auch mit einer reichen Frau aus der High Society verkuppeln anstatt sich mit einer verarmten Person zufriedengeben zu müssen, die ihres Erachtens überhaupt nicht in das Luxusleben ihres Sohnes passt. Ein tragisches Unglück, das Sébastian de Valence eines Morgens plötzlich widerfährt, wirft Isabelle aber vollkommen aus der Bahn. Und auf einmal steht sie einem wildfremden Mann gegenüber, der behauptet, er habe den Auftrag dazu erhalten, sie vor dem Serienkiller zu beschützen. Niemand ahnt bis dato, dass der Killer tatsächlich bereits diese Schönheit ins Visier genommen hat, weil sie einer Hure ähnelt, die er vor langer Zeit einmal begehrt hatte...

Schauplatz: Paris/Frankreich!

INHALT: Dark Romance . New Adult . Coming of Age . Lovestory . Romantischer Thriller . explizit und bildhaft beschriebene Szenen . Fließender Perspektivwechsel . Aus allen Sichten der Protagonisten erzählt!

[Anmerkung: Der Debütroman „ROYALS: Begehre niemals eine Hure!" besteht aus zwei Folgebänden.]

[HINWEIS: Der Klappentext des Sammelbandes ROYALS BEGEHRE NIEMALS EINE HURE! wurde am 8. Juli 2019 von der Autorin neu verfasst. Der Buchinhalt selbst entstand aber zwischen 2004 und 2008 und wurde im Kern nicht verändert!]

**Klappentext**

**ROYALS: Gefährliche Liebe**
(Spanish Mafia ~ Dark Romance)

Billy Warhol ist Profikiller der spanischen Mafia:

Der Franzose Billy gilt als gefährlichster Mafioso in der Unterwelt der Vereinigten Staaten sowie in Lateinamerika; dennoch war er nicht schon immer ein eiskalter Killer gewesen. Er hütet seit Jahren ein Geheimnis. Etwas, was ihn unweigerlich mit der Stadt der Liebe verbindet. Aber auch etwas, das ihn in jener Nacht in die Dunkelheit hineingezogen hat wie ein gewaltiger Sturm. Als er vom Tod seines Bruders erfährt, fliegt er nach Paris. Dort erwartet ihn am Grab jedoch eine Überraschung. Als läge plötzlich Magie über diesem traurigen Ort, spürt er seinen Herzschlag beim Anblick dieser Schönheit, die scheinbar um seinen Bruder trauert. Er folgt der Frau. Schon bald blickt er hinter ihre Fassade. Erkennt, wer sie wirklich ist. Die aufkeimende Liebe zu ihr lässt ihn nicht mehr ruhen. Er muss sie besitzen. Es ist wie ein Zwang! Am liebsten würde er ihren arroganten Ehemann mit einem One-Way-Ticket zur Hölle schicken, um das Problem zu lösen...


Evangeline García; Mafiaprinzessin der spanischen Mafia in Chicago:

Nachdem die bildhübsche Mexikanerin Evangeline mit Hilfe des Amerikaners Charlie Blunt ihren brutalen Vater vom Thron gestoßen hat, regiert sie nun mit ihm an ihrer Seite die spanische Mafia. Als Charlie den gefürchteten Profikiller Billy Warhol anheuert, erkennt sie beim bloßen Anblick des Killers in ihm ihre einstige große Liebe wieder. Er sieht dem Mann, um den sie trauert, zum Verwechseln ähnlich. Obwohl sie mit Charlie einen Pakt geschlossen hat und eine Liaison eingegangen ist, verliebt sie sich in den eiskalten Killer Warhol, der die Gunst der Prinzessin für seine eigenen Zwecke nutzt. Billy beginnt ein gefährliches Spiel, das Evangeline bis an ihre Grenzen treibt. Aber nicht nur sie, sondern auch Charlie...

Sébastian de Valence; Adliger aus Paris:

Entgegen den Wünschen seiner konservativen Mutter, die um ihr Ansehen beim französischen Hochadel fürchtet, heiratet Sébastian das bürgerliche Mädchen Isabelle. Als er jedoch wegen einer Lappalie in Streit mit seiner schönen Braut gerät, findet er sich am nächsten Morgen plötzlich in einem heruntergekommenen Kellergewölbe wieder, als er erwacht. Gottverflucht! Was war denn passiert? Hatte man ihn betäubt? Wurde er entführt? Sébastians Gedanken überschlagen sich, als er zu der schrecklichen Erkenntnis kommt, dem Killer in die Hände gefallen zu sein, der einen befreundeten Aristokraten bereits vor einigen Tagen bestialisch ermordet hat...


*OHNE VORKENNTNISSE LESBAR!*


INHALT: Dark Mafia Romance . Dark Romance . New Adult . Coming of Age . Lovestory . Romantischer Thriller . explizit und bildhaft beschriebene Szenen . Fließender Perspektivwechsel . Aus allen Sichten der Protagonisten erzählt!


[Anmerkung: Der Roman „ROYALS: Gefährliche Liebe" wurde nach dem Debütroman „ROYALS: Begehre niemals eine Hure!" verfasst. Der Roman hat eine eigene Handlung, die nichts mit dem Debütroman zu tun hat. Es spielen aber wiederkehrende Romanfiguren aus ROYALS: BEGEHRE NIEMALS EINE HURE! eine tragende Rolle in der Geschichte ROYALS: GEFÄHRLICHE LIEBE.]

[HINWEIS: Der Klappentext von ROYALS: GEFÄHRLICHE LIEBE wurde am 8. September 2019 von der Autorin neu verfasst. Der Buchinhalt selbst entstand aber im Jahr 2008 und wurde im Kern nicht verändert!]

**Cover-Foto ROYALS: entführt**

©

© photocase7275721848452442

Coverfoto ROYALS: entführt ©kmedia/

www.photocase.de

# ROYALS: entführt
(Spanish Mafia ~ Dark Romance ~ Dreiecksbeziehung)

Billy Warhol - Profikiller der spanischen Mafia:
Sie gehört mir! Mir allein! Mehr als nur einmal habe ich es ihr gesagt. Aber wenn sie es nicht begreifen will, dann muss ich es ihr eben begreiflich machen. Ich hasse es, wenn sie dieser royale Bastard berührt. Deshalb werde ich dafür sorgen, dass er sie nie wieder berühren wird. Niemals wieder!

Charlie Blunt - Rechte Hand des Mafiabosses der spanischen Mafia:
Ich verabscheue es zutiefst, dass sie mich ständig belügt, obwohl sie genau weiß, dass mein Herz ihr gehört. Ich weiß genau, dass er sie fickt. Aber ich werde es nicht mehr dulden. Das muss endlich ein Ende haben. Denn sie gehört mir allein!

*OHNE VORKENNTNISSE LESBAR!*

INHALT: Dark Mafia Romance . Dark Romance . New Adult . Coming of Age . Lovestory . Romantischer Thriller . explizit und bildhaft beschriebene Szenen . Fließender Perspektivwechsel . Aus allen Sichten der Protagonisten erzählt!

[Anmerkung: Der Roman „ROYALS: entführt" wurde nach dem Debütroman „ROYALS: Begehre niemals eine Hure!" sowie nach „ROYALS: Gefährliche Liebe" verfasst. Der Roman ROYALS: ENTFÜHRT hat eine eigene Handlung, die nichts mit dem Debütroman zu tun hat. Es spielen aber wiederkehrende Romanfiguren aus ROYALS: BEGEHRE NIEMALS EINE HURE! sowie ROYALS: GEFÄHRLICHE LIEBE eine tragende Rolle in der Geschichte ROYALS: ENTFÜHRT.]

[HINWEIS: Der Klappentext von ROYALS: ENTFÜHRT wurde am 8. Dezember 2019 von der Autorin neu verfasst. Der Buchinhalt selbst entstand aber im Jahr 2008 und wurde im Kern nicht verändert!]

## Ich bitte euch um eine Rezension bei Amazon, weil...

*Meine lieben Fans, meine lieben Leser.*

*Über eine kurze Rezension bei Amazon würde ich mich sehr freuen, um zu erfahren, was euch in meinen Geschichten besonders gut gefallen hat und was ihr vielleicht anders gemacht hättet.*

*Liebe Grüße und bis bald...*

*Eure Anna Sturm*

**Cover-Foto: Der Fürst** (Fürst Alexej Lwow)
**BLACK SOUL: Der russische Fürst**

# Bereits von ANNA STURM veröffentlicht:

### 1. Sub #8: Ein Milliardär zum Verlieben!
(Teil 1 bis 3)

Auch hier gibt es Sammelbänder, die auf Amazon unter Author Central gelistet sind.

**TRUE LOVE ist die Folgeserie von „Sub #8: Ein Milliardär zum Verlieben!"**

### 2. True Love – Serie
True Love: Gefährliches Verlangen
(Teil 1 bis 8)

TRUE LOVE . Fessle mich! – SPECIAL AGENT Sam Gyllenhaal
[Teil 8 aus der TRUE LOVE Serie]

### Sub #8 . True Love SPECIAL: Trust!
Teil 7 aus der TRUE LOVE Serie

Auch hier gibt es Sammelbänder, die auf Amazon unter Author Central gelistet sind.

EXTRAS:
Kindle eBook mit EXTRAS über die Romanfigur Rafael Blunt (Hauptrolle in TRUE LOVE) und dem vollständigen Prolog aus GEFÄHRLICHES VERLANGEN:
TRUE LOVE: Gefährliches Verlangen (Prolog & Extras Rafael Blunt)

Info: Rafael Blunt hat unter anderem in der Serie BLACK PANTHER, BLUE BLOOD – HEARTBEAT und RUSSIAN PRINCE eine Nebenrolle besetzt. Dies wurde in den EXTRAS festgehalten.

### 3. You are Mine! Serie (Des Milliardärs Eigentum)
You are Mine! Der Vertrag
(Teil 1 bis 5)

Novelle:
YOU ARE MINE: Missing you! (Oliver Collins: Bodyguard eines Milliardärs)

SAMMELBAND:
YOU ARE MINE! Bodyguard
(enthält die Novelle „YOU ARE MINE: Missing you!" und den 2. Teil aus der YOU ARE MINE! Serie)

### 4. BLACK PANTHER – SERIE:
### in sich abgeschlossene Liebesgeschichten:
Das Internat
Das Kornfeld, Die Reitgerte, Die Peitsche
Seine kleine Schwester
(5 in sich abgeschlossene Liebesgeschichten sind in der BLACK PANTHER Serie bereits erschienen)

BLACK PANTHER . Liam: SONDEREDITION . Die Reitgerte

Sammelbänder aus der BLACK PANTHER Serie:

BLACK PANTHER: Männer mit Charisma!
(beinhaltet „Das Internat", „Das Kornfeld" und „Die Reitgerte")

BLACK PANTHER: Männer mit Charisma! 2
(beinhaltet: „BLUE BLOOD: Herzschlag – Marquess Alexander of Lancaster" und „BLACK
PANTHER: Seine kleine Schwester")

## 5. BLUE BLOOD – SERIE:
### In sich abgeschlossene Liebesgeschichten:

Blue Blood: Männerherz – Marquess Stephen of Lancaster
[Männerherz . Stephen]
Blue Blood: Herzschlag – Marquess Alexander of Lancaster
[Herzschlag . Alexander]

*Optional zu BLUE BLOOD/BLUE BLOOD Heartbeat:*

BROTHERS: Alexander
[BLUE BLOOD . Herzschlag . Lancaster-Brüder SPECIAL]

BROTHERS: Stephen
[BLUE BLOOD . Männerherz . Lancaster-Brüder SPECIAL]

### BROTHERS: Spiele der Royals!
SAMMELBAND [enthält die Geschichten aus den beiden eBooks „BROTHERS Stephen" und
„BROTHERS Alexander"]

### BROTHERS: Alex – Obsession [Lancaster Brüder SPECIAL]
enthält die dezent überarbeitete Geschichte aus
BLUE BLOOD Heartbeat 2

Blue Blood – Heartbeat: Männerherz + Herzschlag SAMMELBAND 1 + 2

Blue Blood – Heartbeat 2: Russischer Milliardär & Diamant-Magnat!

## 6. BLACK SOUL – SERIE:
### Mehrteilige Serie:
Black Soul: Der russische Fürst – Alexej TEIL 1, 2, 3, 4, 5
BLACK SOUL: Der russische Fürst – Alexej TEIL 6 [mit dem Untertitel: BLUE BLOOD Herzschlag –
Alexander DREIECKS LIEBE]

BLACK SOUL: Der russische Fürst – Alexej TEIL 7
SIEBEN

BLACK SOUL: Der russische Fürst – Alexej TEIL 8
ACHT

BLACK SOUL: Der russische Fürst – göttlich verliebt!
[Teil 9]

(BLACK SOUL Teil 1 bis 8 sowie Teil 9 sind bereits erschienen!)

### SONDERAUSGABEN SPECIAL GAY:

BLACK SOUL: Dennis & Maxim SPECIAL GAY . EPISODE 1 bis 5

BLACK SOUL: Dennis & Maxim SPECIAL GAY . EPISODE 6 . STANDALONE

### SAMMELBÄNDER aus der BLACK SOUL Serie:

BLACK SOUL: Der russische Fürst – Alexej (Sammelband 1 + 2)

BLACK SOUL: Der russische Fürst – Alexej DARK ROMANCE (Sammelband 3 + 4)

SAMMELBAND
BODYGUARD: Liebe mich!
Enthält die Geschichte „BLACK SOUL: Der russische Fürst – göttlich verliebt!" sowie den 7. Teil
aus den BLUE MOON Anthologien „NUR WIR! Für immer"

SPECIAL
RUSSIAN PRINCE: Der russische Fürst

## 7. BLACK DIAMONDS
### Sinnliche Liebesgeschichten mit sozialkritischen Themen!
BLACK DIAMONDS: Spiel nie mit einem… Milliardär!
BLACK DIAMONDS: Spiel nie mit einem… Milliardär! TEIL 2
BLACK DIAMONDS: Spiel nie mit einem… Milliardär!
SAMMELBAND TEIL 1 und TEIL 2

BLACK DIAMONDS: Spiel nie mit einem Milliardär! Oliver und Leonid . EPISODE 2 und BONUS
2. Teil aus der Serie mit BONUS

BLACK DIAMONDS: Spiel nie mit einem… Milliardär! SPECIAL GAY . Leonid & Oliver . EPISODE 1
bis 2

### BLACK DIAMONDS: Spiel nie mit einem Milliardär! Leonid . EPISODE 3
3. Teil aus der Serie

BLACK DIAMONDS: Spiel nie mit einem… Milliardär! SPECIAL . Natasha & Maximilian . EPISODE 1
bis 2 . BONUS
(Bonus: King of mink 1)

## 8. KING OF MINK
KING OF MINK: Zwei Milliardäre verrückt nach Mary! TEIL 1
KING OF MINK: Zwei Milliardäre verrückt nach Mary! TEIL 2

KING OF MINK: ZWEI Milliardäre verrückt nach Mary! SAMMELBAND TEIL 1 und TEIL 2 (DREIECKS-
Liebesgeschichte . King of mink . Pelz Milliardär!)

KING OF MINK . .Zwei Milliardäre zum Verlieben!: Kim
[Spin-off zur Serie „KING OF MINK: Zwei Milliardäre verrückt nach Mary! TEIL 1 und TEIL 2"]

### KING OF MINK . Verrückt nach Mary!
### [SPECIAL . Pelz Milliardär . FAMILIENSAGA]
Dieses Special enthält den ersten Teil von „KING OF MINK: Zwei Milliardäre verrückt nach
Mary!" sowie auch die zweite Mini-Kurzgeschichte aus den BLUE MOON Anthologien „NUR DU!
Auf immer und ewig"

### KING OF MINK . Zum Verlieben!
### [SPECIAL . Pelz Milliardär . FAMILIENSAGA]
Dieses Special enthält den Spin Off „KING OF MINK: Zwei Milliardäre zum Verlieben!" sowie
auch die in sich abgeschlossene Liebesgeschichte aus der BLACK PANTHER Serie „BLACK
PANTHER: Die Peitsche – Nikolaj Trachtenberg"

### SAMMELBAND
### Titel: „KING OF MINK besessen"
Dieses eBook enthält die beiden Geschichten:
„KING OF MINK . Zwei Milliardäre zum Verlieben!: Kim"
und
„KING OF MINK . Zwei Milliardäre verrückt nach Mary! TEIL 1"

KING OF MINK Begierde

## 9. BLUE MOON Anthologien
BESTRAFE MICH! Die Schöne und der Milliardär
[„Black Panther: Das Kornfeld" von Anna Sturm und „Ja, Sir." von Charlotte O. Stern]

ROYALS Russia! Die Schöne, der Lord & der Fürst
[„BLUE BLOOD: Herzschlag" sowie „BLACK DIAMONDS: Zwei Milliardäre... verrückt nach Mary!
TEIL 1" von Anna Sturm und „SexToy" von Emma Weisz]


ROYAL: Louisa und ihr Prinz
[„BLUE BLOOD: Männerherz" von Anna Sturm und
„BüroFick" von Kate Sturm]


BESITZE MICH! Mein Milliardär
[„BLACK PANTHER: Seine kleine Schwester – Damian Waldorf GESAMTAUSGABE" von Anna
Sturm
und „SchulSchlampe" von Lisa O. Paris]


DU GEHÖRST MIR! Billionaire Lovestory
[„Zwei Milliardäre zum Verlieben!: Kim (BLACK DIAMONDS . Billionaire Lovestory) von Anna
Sturm
BONUS: 2. Teil aus der YOU ARE MINE! Serie
„You are Mine! 2: Die Eroberung (Des Milliardärs Eigentum)
von Anna Sturm]


NUR DU! Auf immer und ewig
[SPECIAL aus den BLUE MOON Anthologien]
INHALT: zwei Mini-Kurzgeschichten, die Anna Sturm während einer KDP-Schreibvorgabe am
3.10.2017 und am 4.11.2017 auf Facebook geschrieben und veröffentlicht hat.


NUR WIR! Für immer
[SPECIAL aus den BLUE MOON Anthologien]
INHALT: vier Mini-Kurzgeschichten, die Anna Sturm während einer KDP-Schreibvorgabe am
28.11.2017, am 9.1.2018, am 26.1.2018 und am 20.3.2018 auf Facebook geschrieben und
veröffentlicht hat.


Russian Mafia: mein!
INHALT: „Russian Mafia: KILLERS Stephan – Fürst der Finsternis" sowie die beiden KDP-
Schreibvorgaben zu „NORTH KING" und „KING OF MINK Begierde"



**10. Russian Mafia KILLERS:**
Russian Mafia: KILLERS Maximilian - Der Russe
[DAS RUSSISCHE SYNDIKAT . DARK ROMANCE MAFIA]
Der Pilot zur Serie KILLERS
Teil 1


Russian Mafia: KILLERS Maximilian, der Russe 2
[DAS RUSSISCHE SYNDIKAT . DARK ROMANCE MAFIA]
Teil 2


Russian Mafia: KILLERS Stephan – Fürst der Finsternis
[RUSSIAN SYNDICATE Mafia Romance]
Teil 3 bzw. optional STANDALONE
Es handelt sich hierbei um den 3. Teil aus der Serie KILLERS. Dieser Folgeband kann aber auch
optional als STANDALONE gelesen werden, um mit der Serie auf Tuchfühlung zu gehen. In
diesem Fall können Teil 1 und Teil 2 wie Vorgeschichten zu diesem Folgeband hier behandelt
werden.
Für alle, die aber bereits Teil 1 und Teil 2 aus der Serie gelesen haben, ist „Stephan – Fürst der
Finsternis" der 3. Teil aus der Serie KILLERS.


**Russian Mafia KILLERS: Verbotene Liebe**
[Genre: Dark Mafia Romance - 4. Teil aus der Serie RUSSIAN MAFIA KILLERS bzw. OPTIONAL als
STANDALONE ohne Vorkenntnisse lesbar]


**Russian Mafia KILLERS: Maximilian – Prinz der Bratwa! (KISS OF THE DARK PRINCE)**
OHNE VORKENNTNISSE LESBAR!
**Russian Mafia KILLERS: Maximilian – Prinz der Bratwa! (GAME OF THE DARK PRINCE)**

**Russian Mafia KILLERS: entführt**
**Russian Mafia KILLERS: entführt (Dark Romance 2)**


SAMMELBAND KILLERS der Folgen 1 bis 3:
Russian Mafia: WHITE PRINCESS Spiel nie mit einem Killer! (Mafia Romance)
[Der Sammelband enthält die Folgen aus der Serie KILLERS 1 bis 3]


**Russian Mafia WHITE PRINCESS: Spiel nie mit einem Killer! (Prolog & Extras NORTH KING):**
In diesem Kindle eBook findet man den Prolog sowie das erste Kapitel aus dem Sammelband
RUSSIAN MAFIA WHITE PRINCESS sowie die Vorgeschichte NORTH KING, die erstmals in „Russian
Mafia: mein!" veröffentlicht wurde.


ACHTUNG:
IN DER VORBESTELLUNG seit Anfang September 2019:
~~* Russian Mafia KILLERS: Maximilian – Prinz der Bratwa! (KISS OF THE DARK PRINCE)~~
~~* Russian Mafia KILLERS: entführt~~
* Russian Mafia KILLERS: Feuer & Eis
**ALLE DREI GESCHICHTEN SIND <u>OHNE VORKENNTNISSE LESBAR!</u>**
INFO: Die Klappentexte wurden zeitgleich in den Buchblock des Kindle eBooks NUR WIR! FÜR
IMMER hinsichtlich der Urheberrechte eingebunden. Die Urheberrechte hinsichtlich der
Klappentexte liegen allein beim Autor ANNA STURM!


*INFORMATIONEN ZUM 5. TEIL [DAS KINDLE EBOOK IST BEREITS IN DER VORBESTELLUNG SEIT
ANFANG SEPTEMBER 2019]*
Der fünfte Teil aus der RUSSIAN MAFIA KILLERS Serie wird unter dem Serientitel
„RUSSIAN MAFIA KILLERS: FEUER & EIS" erscheinen.
Die Geschichte wird OHNE VORKENNTNISSE LESBAR sein!
Der Titel des 5. Teils aus der Serie KILLERS lautet „RUSSIAN MAFIA KILLERS Feuer & Eis" ~~wird kurz
vor Veröffentlichung auf Facebook, Instagram und Twitter bekanntgegeben.~~


\*\*\*


**SAMMELBÄNDE mit in sich abgeschlossenen Liebesgeschichten im Genre DARK ROMANCE**

1. BAD BOY: Falling in love with a Bad Boy
2. BAD GIRL ~ Schulmädchen

***

*Debüt*

**Meinen Debütroman „ROYALS: Begehre niemals eine Hure!" habe ich unter „Kate R. Snow" wieder veröffentlicht.**

**(Entstehung: 2004 -2008)**

**BRANDNEU im September 2019 ERSCHIENEN von Kate R. Snow:**

**ROYALS: Gefährliche Liebe (Spanish Mafia ~ Dark Romance)**

***

Annasturm158

Aktualisiert: 1. Oktober 2019 [17:48]; 17:49<br>2. Oktober 2019 [19:48]

# Impressum

# Russian Mafia KILLERS

## entführt

[HINWEIS: In „Russian Mafia KILLERS: entführt" spielen einige Romanfiguren aus „Russian Mafia KILLERS: Verbotene Liebe" mit.]

[Schauplatz des Geschehens: London, Moskau, New York, Bogotá, Tokio; Die Insel des Fürsten und Sizilien]
Länder: England, Russland, USA, Kolumbien, Japan, Italien
*alle Rechte liegen beim Autor*
**© März 2020 by Anna Sturm**

Cover-Foto Russian Mafia KILLERS entführt © 1418336 Ontario Ltd - Kanada/www.fotolia.com

Cover-Foto KING OF MINK Begierde © soup studio/www.fotolia.de

Cover-Foto RUSSIAN MAFIA KILLERS: Verbotene Liebe © majdansky/www.fotolia.de

Cover-Foto KING OF MINK © majdansky/www.fotolia.de
(Coverbld der KING OF MINK Serie/Specials)

Cover-Foto KING OF MINK © Natalya Glinskaya/www.fotolia.de
(Coverbild der KING OF MINK Serie/Folgebände und Sammelband)

Cover-Foto BLACK SOUL: Der russische Fürst – göttlich verliebt! © konradbak/www.fotolia.de

Cover-Foto KILLERS: Maximilian, der Russe/KILLERS: Stephan – Fürst der Finsternis © majdansky/www.fotolia.de

Cover-Foto KING OF MINK: Verrückt nach Mary! © majdansky/www.fotolia.de

Cover-Foto NUR DU! © majdansky/www.fotolia.de

Cover-Foto/Fürst
BLACK SOUL: Der russische Fürst – Alexej TEIL 7/8
© Viorel Sima/www.fotolia.de

Cover-Foto DU GEHÖRST MIR! © majdansky/www.fotolia.de

Cover-Foto BLACK DIAMONDS: Spiel nie mit einem Milliardär! Oliver . Episode 5 © DenisKomarov/www.fotolia.de

Cover-Foto BLACK DIAMONDS: Spiel nie mit einem Milliardär! Natasha EPISODE 4
© **George Mayer** /www.fotolia.de

„Russian Mafia KILLERS: Maximilian – Prinz der Bratwa! (GAME OF THE DARK PRINCE)" hinzugefügt! (Umschlagfoto/Cover: © **58450775a**.kiselev/www.fotolia.de

Ergänzt am 6.9.2019 [17:08]: den Klappentext sowie das Cover von „Russian Mafia KILLERS: Maximilian – Prinz der Bratwa! (KISS OF THE DARK PRINCE)" hinzugefügt! (Umschlagfoto/Cover: © 24887056a.kiselev/www.fotolia.de

\*\*\*

Cover „Russian Mafia WHITE PRINCESS: Spiel nie mit einem Killer! (Prolog & Extras NORTH KING" (Umschlagfoto/Cover: © **Subbotina Anna**/www.fotolia.de

annasturm158
1. Oktober 2019 [21:04]; 2.10.2019 [19:53]

**Russian Mafia KILLERS**
**Maximilian - Der Russe**

[Schauplatz des Geschehens: London, Moskau, New York]
Länder: England, Russland, USA
*alle Rechte liegen beim Autor*
**© Januar 2018 by Anna Sturm**

Cover-Foto KILLERS: Maximilian - Der Russe © majdansky/www.fotolia.de

***

Ergänzt am 6.9.2019 [17:08]: den Klappentext sowie das Cover von „Russian Mafia KILLERS: Maximilian – Der Kuss des Dunklen Prinzen" hinzugefügt! (Umschlagfoto/Cover: © 24887056a.kiselev/www.fotolia.de

Cover-Foto Russian Mafia KILLERS: entführt © 1418336 Ontario Ltd - Kanada/www.fotolia.com

Titelbild/Coverfoto der TRUE LOVE Serie – TRUE LOVE: Gefährliches Verlangen; Prolog – EXTRAS Rafael Blunt © Georg Mayer /www.fotolia.de

Cover-Foto KING OF MINK Begierde © soup studio/www.fotolia.de

Cover-Foto RUSSIAN MAFIA KILLERS: Verbotene Liebe © majdansky/www.fotolia.de

Cover-Foto KING OF MINK © majdansky/www.fotolia.de
(Coverbld der KING OF MINK Serie/Specials)

Cover-Foto KING OF MINK © Natalya Glinskaya/www.fotolia.de
(Coverbild der KING OF MINK Serie/Folgebände und Sammelband)

Cover-Foto BLACK SOUL: Der russische Fürst – göttlich verliebt! © konradbak/www.fotolia.de

Cover-Foto KILLERS: Maximilian - Der Russe/KILLERS: Stephan – Fürst der Finsternis © majdansky/www.fotolia.de

Cover-Foto KING OF MINK: Verrückt nach Mary! © majdansky/www.fotolia.de

Cover-Foto NUR DU! © majdansky/www.fotolia.de

Cover-Foto/Fürst
BLACK SOUL: Der russische Fürst – Alexej TEIL 7/8
© Viorel Sima/www.fotolia.de

Cover-Foto DU GEHÖRST MIR! © majdansky/www.fotolia.de

Cover-Foto BLACK DIAMONDS: Spiel nie mit einem Milliardär! Oliver . Episode 5 © DenisKomarov/www.fotolia.de

Cover-Foto BLACK DIAMONDS: Spiel nie mit einem Milliardär! Natasha EPISODE 4
© George Mayer /www.fotolia.de

Black Soul: Der Fürst – Alexej
Cover-Foto © matusciac /www.fotolia.de

Black Panther: Seine kleine Schwester – Damian Waldorf
Cover-Foto © Andrey Kiselev /www.fotolia.de

Cover „Russian Mafia WHITE PRINCESS: Spiel nie mit einem Killer!" ausgetauscht: 21. Juli 2019 [17:39]; 17:44
(Umschlagfoto/Cover: © Subbotina Anna/www.fotolia.de

Ergänzt am 14.9.2019 [02:08]: den Klappentext sowie das Cover von „Russian Mafia KILLERS: Feuer & Eis" hinzugefügt! (umschlagfoto/Cover: © majdansky /www.fotolia.de

Ergänzt am 14.9.2019 [03:03]: den Klappentext sowie das Cover von „ROYALS: Gefährliche Liebe (Spanish Mafia ~ Dark Romance)" hinzugefügt! (Umschlagfoto/Cover: © **Georg Mayer / www.fotolia.de**

Ergänzt am 18.9.2019 [00:58]: den Klappentext sowie das Cover von „Russian Mafia KILLERS: entführt (Mafia Dark Romance)" hinzugefügt! (Umschlagfoto/Cover: © 1418336 Ontario Ltd - Kanada /www.fotolia.de

---

***ooo[1.10.2019 – 00:08]ooo***
BEGINN Zusammenstellung/Kindle eBook: 1. Oktober 2019 – 00:08
Annasturm158
PrologExtrasWhitePrincess KILLERS 1okt2019 [1.10.2019 – 17:17]

Aktuelle Änderungen: 1:10.2019 [17:18]; 17:53; 18:44; 22:30

**INFORMATIONEN ZUR AUTORIN ANNA STURM (PSEUDONYM) HINSICHTLICH IHRER PERSÖNLICHEN DATEN:**

Anna Sturm ist Autorin (gemeldet bei der Künstlersozialkasse als solche). Der Vertrieb der Kindle eBooks und Taschenbücher läuft ausschließlich über den „Online-Händler Amazon" bzw. über BoD.
Die Autorin Anna Sturm (Pseudonym) tritt NICHT als Verkäuferin auf; der Verkauf läuft AUSSCHLIESSLICH über den ONLINE-HÄNDLER AMAZON bzw. BoD.

**Die persönlichen Daten der Autorin Anna Sturm sind beim Online-Händler Amazon bzw. BoD hinterlegt!**

*Adresse des Online-Händlers AMAZON:*
Amazon EU S.à.r.l. (Société à responsabilité limitée)
38 avenue John F. Kennedy
L-1855 Luxemburg

*Adresse des Online-Händlers BoD:*
(dort wurden bisher keine Bücher unter dem Pseudonym Anna Sturm veröffentlicht. Nur unter anderen Pseudonymen wie zum Beispiel Sienna C. Stein)
Books on Demand GmbH
In de Tarpen 42
22848 Norderstedt
Deutschland

annasturm158

ENDE: 24. März 2020 [00:08]; 14.3.2020 [02:43]; 21.3.2020 [19:17]

*VÖ des Kindle eBooks: 23.3.2020 [22:51]*

*Taschenbuch: 6.4.2020 [01:48]: 02:18*

Die Autorin Anna Sturm gibt auf Twitter, Instagram und Facebook ihre Neuerscheinungen und Gratis-Aktionen (Format: Kindle eBooks) recht zeitnah bekannt.

In der Facebook Gruppe ANNA STURM 8 AND THE DIAMONDS ist jeder HERZLICH WILLKOMMEN!